1911 Décembre 11

VENTE DES LUNDI 11, MARDI 12 & MERCREDI 13 DÉCEMBRE 1911

HOTEL DROUOT — SALLE N° 1

EXPOSITION PUBLIQUE

LE DIMANCHE, 10 DÉCEMBRE 1911, DE 2 HEURES A 5 H. 1/2

N° 23 du Catalogue.

ESTAMPES DU XVIIe & XVIIIe SIÈCLES

ÉCOLES FRANÇAISE ET ANGLAISE

EN NOIR ET EN COULEURS

PORTRAITS

ADRESSES - ALMANACHS - PIÈCES HISTORIQUES, ETC.

COMMISSAIRE-PRISEUR :

M° ANDRÉ DESVOUGES

26, Rue de la Grange-Batelière

EXPERTS :

MM. LÉO DELTEIL & A. LE CORBEILLER

38, Rue de Châteaudun

CH. BRANDE

IMPRIMEUR

23, RUE DE L'ÉGLISE

LE VÉSINET

Estampes des XVIIe et XVIIIe Siècles

Écoles Française et Anglaise

en noir et en couleurs

PORTRAITS, etc.

CONDITIONS DE LA VENTE

Elle sera faite au comptant.

Les adjudicataires paieront *dix pour cent* en sus des enchères.

MM. Léo Delteil et A. Le Corbeiller rempliront les commissions que voudront bien leur confier MM. les amateurs ne pouvant y assister.

MM. les amateurs pourront visiter la collection du *Vendredi 1er au Samedi 9 Décembre*, **38, rue de Châteaudun.**

ORDRE DES VACATIONS

Lundi 11 Décembre..................	Nos 1 à 209
Mardi 12 —	Nos 210 à 410
Mercredi 13 —	Nos 411 à 601

EXPOSITION PUBLIQUE

Le 10 DÉCEMBRE 1911, de 2 heures à 5 h. 1/2

SALLE N° 1

CATALOGUE

= D'ESTAMPES =

DES XVIIe & XVIIIe SIÈCLES

Écoles Française et Anglaise en noir et en couleurs

par ou d'après

Alix, Anselin, Bartolozzi, Baudouin, Boilly, Bonnet, Bosse, Boucher, Carême, Chardin, Chevaux, Cipriani, Cosway, Debucourt, Demarteau, Downman, Eisen, Fragonard, Freudeberg, Gautier-Dagoty, Greuze, Guyot, Hubert-Robert, Huet, Janinet, Kauffmann, Lancret, Lawreince, Laurence (Th.), Le Prince, Mallet, Moreau le Jeune, Pater, Pernet, Mme de Pompadour, Prud'hon, Reynolds, Romney, Saint-Aubin, Sergent-Marceau, Smith, Touzé, Turner, C. Vernet, Watteau, etc.

PORTRAITS

par *Beauvarlet, Bonnart, Cathelin, Daullé, Drevet, Edelinck, Grateloup, Lasne, Masson, Mellan, Morin, Nanteuil, Nolin, Poilly, Trouvain*, etc.

PIÈCES HISTORIQUES

Très beaux Portraits EN COULEURS, de NAPOLÉON Ier, de l'EMPIRE et de la RÉVOLUTION

par *Alix, Briceau, Cazenave, Charon, Isabey, Levachez, Roy, Ruotte, Sergent-Marceau, Tassaert*, etc.

Estampes relatives à l'Amérique, aux Ballons, au Théâtre, etc.

Collection d'Adresses et d'Almanachs

Caricatures, Pièces sur les Incroyables et Merveilleuses

DESSINS

provenant de la Collection de M. S***

Dont la vente aura lieu à **PARIS, HOTEL DROUOT, salle n° 1**

Les 11, 12 et 13 Décembre 1911, à 2 heures précises

Par le Ministère de Me André DESVOUGES, Commissaire-Priseur

26, Rue de la Grange-Batelière

Assisté de MM. Léo DELTEIL et A. LE CORBEILLER

Marchands d'Estampes-Experts, **38, Rue de Châteaudun, 38. — PARIS**

EXPOSITION PUBLIQUE

LE 10 DÉCEMBRE 1911, de 2 heures à 5 h. 1/2, SALLE N° 1

ABERLI (J.-L.)

1. **Vue de Vevey**. Petit in-fol. en larg.

Très belle épreuve *coloriée*. Marges.

ADRESSES, CARTES, etc.

2. *A l'Image Notre-Dame.* **Jollivet,** *M*[d] *Papetier ord*[re] *du Roy, Rue de Bussy, et Petit, M*[d] *Mercier, Rue du Petit-Pont.* — Quatre adresses différentes du XVIII[e] siècle.

3. — *A l'Observatoire.* **Baradelle,** *Ingénieur du Roy pour les Instruments de Mathématiques, Quay de l'Horloge du Palais, à Paris.* Dess. et gravé par Roy, 1744. Petit in-fol. Très belle adresse.

4. — *A la Colombe. Rue des Arcis.* **Lacombe,** *maître fondeur, acheveur, fait et vend toutes sortes d'ouvrages d'Église. A Paris, 1737.* Gravé par Lordonné. — *A la Gerbe d'Or, Rue S*[t]*-Antoine.* **Lachambre,** *Marchand orfèvre, joyaillier, 1764.* — Deux adresses petit in-fol.

5. — *A la Poire du bon Chrétien. Rue Bourg-l'Abbée.* **Chrétien fils** *et Comp*[e]*, Fabrique et tient Magazin de toute sorte de Dorure et Argenture pour l'appartement, en flambeaux, feux, bras de cheminée, etc. A Paris.* — Charmante carte d'adresse, par Arrivet.

6. — *A la Teste Noire.* **Larcher,** *M*[d] *Papetier. Rue des Arcis (Cloistre S*[t]*-Mederic et Rue de la Verrerie),* 1745-1755. — Six adresses différentes.

7\. — *Au grand Monarque* (Louis XIV). **Le Sieur Dieu**, *Maître Peintre à Paris, sur le petit Pont, fait et vend toutes sortes de tableaux, tant que d'histoire que de dévotion et autres, 1698.* Très belle adresse gravée par A. Dieu. In-fol. Belle épr. tirée *sans la lettre.*

8\. — *Aux Armes de France et de Navarre.* **Bouton,** *Papetier, Cartier de la Chambre du Roy, demeurant à Paris, rue Neuve des Petits-Champs...* Petit in-fol.

Très belle carte d'adresse, vers 1690.

9\. — **Biennais,** *au Singe violet, tient fabriques d'Orfèvrerie, Ébénisterie et Tableterie. Orfèvre de leurs MM. Impériales et Royales et de S. M. le Roi de Hollande, Rue St-Honoré, n° 283, à Paris.* Belle adresse *imprimée en vert.* In-4 en larg.

10\. **Champroger,** *tient Magasin de Papier de Bureaux et Objets de Fantaisies... Rue de l'Arbre Sec, n° 251, à Paris.* — Curieuse adresse en-tête de facture. In-4.

11\. — **Chédeville,** *à Lorient.* Très belle adresse de Pharmacien. Avec vue de Lorient. In-fol. en larg. XVIIIe siècle.

12\. — **Ellis Gamble,** *Orfèvre, à l'Enseigne de l'Ange d'Or, dans Cranbourn-Street.* Adresse anglaise, gravée par A. M. Ireland. In-4. Belle pièce.

13\. — **Lacour**, *Bijoutier pour le Cachet et la Breloque, rue St-Denis, à Paris.* — Charmante carte d'adresse par Choffard, 1772.

Épreuve d'état, *avant la lettre.*

14\. — **Le Sr Magny**, *Ingénieur pour l'Horlogerie, les Instruments de Mathématique et de Physique, ainsi que de Mécanique. A l'Abbaye S. Germain, cour des Religieux...* — Inv. et gr. à l'eau-forte par C. Eisen ; terminé par J. Ingram. In-4. Belle épreuve.

15. — **Mortet**, *Marchand Orfèvre-Joaillier. Rue Notre-Dame, à Caen.* Gravé par Ransonnette. Adresse in-4 en larg.

16. — **J. Speratis**, *New Manufactory of Laghorn Stran Hats, and other Italian Goads, n° 54, Pall Mall. Importer of genuine Roman and Naples Violin, Violoncelle and Harp String.* Jolie adresse gravée par Minassy, d'après F. Bartolozzi. Deux épreuves, dont une **imprimée en couleurs**.

17. — **Stras**, *Marchand Joyalier du Roy, demeurant à Paris, Quay des Orfèvres, au Duc de Bourgogne.* Très jolie et très rare adresse du XVIIIe siècle, probablement de F. Boucher. Belle épreuve *provenant de la collection de Goncourt.*

18. — **Vallayer.** *Orfèvre du Roy, Rue du Roule, à Paris.* — **Coudray**, *Orfèvre Joaillier des Ordres du Roi. Rue du Roule. A Paris.* — Deux charmantes adresses du XVIIIe.

19. — **Véran.** *Graveur. Rue Froidmanteau, n° 14, entre le Louvre et le Palais Royal, à Paris.* Dess. et gravé par J.-M. Véran. In-fol.

Très belle pièce. Belle épreuve.

20. — *Entrepôt d'Eau de Cologne Impériale de Jean-Marie Farina.* — Réunion de quatre affiches *en couleurs*, publiées sous différents régimes de France, aux armes de Napoléon Ier, de Louis XVIII, du Duc d'Orléans et de la Chartre. Gr. in-fol.

21. — *Savon Égyptien, de la fabrique de Laugier, père et fils, parfumeurs-distillateurs, rue Bourg-l'Abbé, n° 41, à Paris. — Adresse de Pharmacien. Se trouve chez Sainton, rue de l'Arbre-Sec, n° 33, à Paris.* — Deux adresses in-4, dont *1 coloriée.*

21 *bis*. — *Représentation dans sa vraie grandeur de la Couronne de Pierreries qui a servi au Sacre de Louis XV, ce 25 d'Oct. 1722.* Gravé par Antoinne. — *Représentation exacte du grand Collier en brillants des Srs Boëhmer et Bassenge.* Gravé d'après la grandeur des Diamans (Collier de la Reine). *A Paris, chez M. Taunay.* — *Colier, ou Rivière de Diamants, estimée 1.600.000 livres.* Dessiné moitié de grandeur. — Trois pièces gr. in-fol. Belles épreuves de pièces rares.

22. — *Magasin Royal des Armes à Paris, appelé vulgairement de la Bastille.* Levé et dess. par E. Fourier. Gravé par P. Le Pautre. In-fol. en larg., belle pièce.

23. — *Carte d'adresse.* Gravé par Choffard? Jolie pièce. Epreuve *avant toute lettre.* Petit in-4 en larg.

Voir la Reproduction sur la couverture.

24. — *Société des Arts.* — *Adresssc* gravée par Tavenard? Deux pièces du XVIIIe siècle. In-4.

Jolies pièces. Epreuves *avant la lettre.*

25. — *Bal paré et Masqué.* Gravé par Née, d'après P.-P. Choffard. In-4. Très jolie pièce.

26. — *Masqued Ball New Club soho feb. 24, 1775.* — *Wynnstay Théâtre, 1785.* — Deux pièces grvées par F. Bartolozzi, d'après Cipriani et H. Bunbury. In-4. Belles cartes d'entrée.

27. — **Bartolozzi Tickets:** *For the Benefit of Mad. Banti; Mr Giardini; Handell, etc.* Cinq pièces gravées par F. Bartolozzi, d'après Burney et Cipriani. Belles épreuves.

28. — *Regius infans... Solemnité des Mariages célébrés suivant l'intention du Roy par la Ville de Paris à la naissance de M[r] le Duc de Bourgogne en 1751.* Dess. par C.-N. Cochin. Gravé par J. Tardieu — Charmante carte d'entrée.

29. — *Billets de Mariage.* — *Carte d'Invitation.* Trois pièces du xviiie siècle, par Croisey, L.-T. Chenu, f[e] Desmaisons. In-4.

Jolies pièces. Belles épreuves.

30. — *Cartes de Mariage de grandes familles d'Amsterdam*, avec leurs écussons. — Collection de 14 charmantes pièces gravées par B. Picart et J. Punt, 1718-1744. In-4. Très belles épreuves.

31. — **Jean Blanc**, *Maître des Postes.* — **Levade**, *Docteur-Médecin.* Gravé par Du Moulin. — Deux jolies cartes de visites.

32. — **Le Brun**, *Professeur d'Armes des Ecoles Royales, Rue Mazarine, N° 74. Sa demeure est quai des Augustins, N° 29. A Paris.* Dess. et gravé par L. Garreau. Petit in-4. Fort jolie carte.

33. — *Grande Carte de visite de* **Grimod de la Reynière**, *le célèbre Gastronome.* Petit in-fol. Belle pièce rare. Epr. *avant toute lettre.*

On y a joint 1 portrait de Grimod de la Reynière. Médaillon rond. Anonyme.

34. — « *Je m'instruis pour la Patrie. L'an second de la liberté, 1791* ». Petite gravure ronde et deux charmants petits **dessins originaux**, par L.-G. Monnier, pour la *Société de Tir de Dijon.* — Ens. 3 pièces, médaillons ronds, montées sur bristol avec glomis.

Rare.

35. — *Congrégation de Notre-Dame de Bonne-Nouvelle de Frouville.* Inv. et gravé par J. Houël. Belle pièce, avec texte, cantique et oraison. In-fol.

Très belle épreuve.

36. — *Adresses et enveloppes de Fabricants de Cartes à jouer.* — Réunion de cinq pièces anciennes.

Au Grand Gustave. Cartes très fines par Raisin, Me Cartier, à Paris, vieille rue des Petits-Champs. — *A l'Ordre du St-Esprit.* Rue d'Anjou au Marais. — *Aux trois Marteaux couronnés.* Cartes très fines, faites à Rouen, par P. Baudart. — *Au Roy David de Paris.* Cartes de Jean Trioulier. Rue St-Honoré, 1714. *(2 pièces différentes).*

37. — **Adresses anciennes.** Réunion de onze pièces. In-4 et in-8.

Belle série, comprenant :

Au Roy de France, rue Montorgueil, à Paris, 1719. Saillard, marchand. — *Au Singe Verd.* Vaugeois, marchand, rue des Arcis, à Paris. — *Au Grand Turc.* Le Normand et Cie, marchands de toutes sortes d'étoffes de soie, d'or et d'argent, et meubles. Rue St-Honoré. A Paris.— *Aux Armes d'Angleterre.* Butterfield, ingénieur du Roy pour les Instruments Mathématiques, Quay de l'Horloge du Palais, à Paris. — *Vachon, faiseur de Compas à Honfleur.* Gravé par De la Haye, au Havre. — *Au Timbalier.* Mathieu, musicien et M[e] d'Instruments. Rue de Richelieu, n° 11, à Paris. Gravé par Michot. — *A l'Ordre du St Esprit.* La Chapelle, Me Papetier, fab[t] de cartes à jouer. Rue d'Anjou, à Paris.— *Toute sagesse vient d'en haut.* Bougy, marchand mercier. Rue St-Jacques. A Paris. — Etc.

38. — **Adresses de Bijoutiers, Joailliers et Orfèvres** à Paris. -- Réunion de 16 pièces typographiques et gravées, la plupart du XVIIIe siècle.

A l'Aigle Impérial. Bourdier, jouallier-bijoutier. Rue du Coq St-Honoré, n° 9, à Paris. — *Au St-Esprit.* Loyson. — *Aux armes de Bourbon.* Lespicier. — *Au Flambeau d'Argent.* Masson l'aîné. — *A la Perle,* Masson le jeune. — *A la Victoire.* Fr. Loyson. — *Au Cœur d'Or.* Le Clerc. — Etc.

39. — **Adresses d'Orfèvres, Bijoutiers et Joailliers.** — Cinq pièces.

A la Couronne d'Or. Duchesne. Me Bijoutier. R. de Richelieu, n° 13, à Paris. — *Gandais, orfèvre plaqueur du Roi.* Palais-Royal. — *A la Toison d'Or.* Mosquery, orfèvre, bijoutier-joaillier. R. de la Grosse-Horloge, n° 120, à Rouen. — *A l'Étoile d'Or*. Robert, M^d orfèvre, jouaillier, bijoutier. Rue du Four St-Germain. A Paris. — *Jacquart*. Manufacture d'orfèvrerie. Hôtel d'Aligre, rue St-Honoré, 123, à Paris.

40. — **Adresses de Confiseurs.** Belle collection de 25 adresses et étiquettes du XVIIIe et commencement du XIXe siècle, en noir et coloriées.

Pastilles de la Cour à liqueur. A Paris, chez Crépy. — *Aux vieux amis, Louis-Oudard*. — *Collignon-Roussel, à Metz*. — *Jean Bessin, à Rouen*. — *Au Bienfaisant, Genesseaux*. — *Forey-Marie, à Dijon*. — *Aux Armes de Paris*, etc.

ALIX (P.-M.)

41. **Corday** (Marie-Anne-Charlotte). In-fol. ovale, au lavis de couleurs.

Belle épreuve **imprimée en couleurs.**

42. — **Francklin.** D'après Vanloo. *A Paris, chez M.-F. Drouhin*. In-fol. ovale, au lavis de couleurs.

Très belle épreuve **imprimée en couleurs.** Marges.

43. — **Lepelletier** (Michel). D'après Garnerey. *A Paris, chez M. F. Drouhin*. In-fol. ovale, au lavis de couleurs.

Belle épreuve **imprimée en couleurs.**

44. — **D'Alembert. — Descartes — Racine.** — Trois portraits. In-fol. ovales, au lavis de couleurs.

Très belles épreuves **avant la lettre, imprimées en couleurs.**

44 *bis*. — **Voltaire.** D'après Garnerey. In-fol., ovale, au lavis de couleurs.

Belle épreuve *imprimée en couleurs*. Marges.

45. — **Bailly. — Condillac. — Raynal.** — Trois portraits. In-fol. ovales, au lavis de couleurs.

Très belles épreuves **avant la lettre** et **imprimées en couleurs.**

46. — **Bailly**. — **Buffon**. — **Condillac**. — **Mably**. — **Mirabeau** (Epr. tirée avec cache-lettres). — **Raynal** — **Solon**. — Sept portraits. In-fol., ovales, au lavis de couleurs.

Très belle épreuves **imprimées en couleurs.**

47. — **Augereau**. D'après Hilaire le Dru. *A Paris, chez Potrelle*. Gr. in-fol., à la manière noire.

Belle épreuve. Marges.

48. — **Berthier** (Le Général). D'après Le Gros. An 6, 1798. *A Paris, chez Drouhin*. In-fol., au lavis de couleurs.

Très belle épreuve d'*état, avec la lettre ouverte*, **imprimée en couleurs.**

49. — **Bonaparte** (Napoléon), Ier Consul, en habit rouge. D'après Appiani. In fol. ovale, au lavis de couleurs.

Magnifique épreuve, **avant la lettre**, *signature à la pointe et la date de 1802 au lieu de 1803*. **Imprimée en couleurs.** Marges. — Très rare.

50. — **Eugène Napoléon** (S. A. I. le Prince). Archi-Chancelier d'État de l'Empire Français, Vice-Roi d'Italie. D'après le tableau de S. M. l'Impératrice et Reine. *A Paris, chez Jaufret*. In-fol., au lavis de couleurs.

Très belle épreuve **imprimée en couleurs.**

51. — **Louis XVIII**. A mi-corps, tenant son chapeau et sa canne. D'après Pasquier. Gr. in-fol., au lavis de couleurs.

Très belle épreuve *avant toute lettre*, **imprimée en couleurs.**

52. — **Maillard** (Mlle), du Théâtre des Arts. D'après Garneray. *A Paris, chez l'Auteur*. In-fol., au lavis de couleurs.

Très belle épreuve **imprimée en couleurs**. Marges. Encadrée.

53. — **Manuel** (P.). Procureur de la Commune de Paris, en 1792. D'après Ducreux. *A Paris, chez l'Auteur*. In-4 ovale, au lavis de couleurs.

Très belle épreuve **imprimée en couleurs** et à toutes marges. Rare.

54. — **Costumes Hambourgeois**. D'après Lespinay. Gr. in-fol., au lavis de couleurs.

Très belle épreuve **avant la lettre** et **imprimée en couleurs.** Marge. Belle pièce fort rare.

ALKEN (S.)

55. **Bookseller and Author.** D'après H. Wigstead. *Publ. sept. 25. 1784 by I. R. Smith.* In-fol. en larg., au lavis.

Belle épreuve *en couleurs.*

ALMANACHS

56. **Almanachs Louis XIV**. — Deux pièces avec portraits et vue « *La Ville de Paris* » et scène « *La Naissance de Mgr le Dauphin* », 1662. In-4. Belles épreuves *avant la lettre.*

56 *bis*. — **Almanachs** (Pièces en forme d') ou programmes, avec portraits du Roy (Louis XIV), des ducs de Bourgogne, d'Anjou et de Berry, et petites scènes. Gravés par St. Gantrel, d'après Jouvenet, et J. Mariette, d'après J.-B. Corneille. — Trois pièces. In-fol. Belles épreuves *avant la lettre.*

57. — **Estrène à Monseigneur le Dauphin**. Almanach royal pour l'année 1670. *A Paris, chez N. Regnesson.* Gr. in-fol.

58. — **Le Miroir des Vertus** *représenté en la personne auguste et sacrée de Louis XIIII, Roy de France et de Navarre, montrant à toutes les puissances souveraines de la Terre l'art et la manière de bien commander et d'heureusement régner* Almanach royal pour l'année 1671. *A Paris, chez la veuve Regnesson.* Gr in-fol.

59. — **La Feste troublée** *ou le Siège levé par l'Arrivée du François.* Almanach pour l'an de grâce 1677. *A Paris, rue Saint-Jacques, au Séraphin.* Gr. in-fol.

Almanach concernant le siège de Maestricht.

60. — **Monseigneur le Duc de Bourgogne** *déclaré Dauphin, à Marly, le 16 avril 1711.* Almanach pour l'an de grâce 1712. *A Paris, chez G. Landry.* Gr. in-fol.

61. — **Les Premiers Exercices militaires de Louis XV,** *roy de France et de Navarre, par le siège du fort de Montreuïl, et les revües des troupes du Camp de Porché-Fontaine, proche Versailles, le 19 sept. 1722.* Almanach pour l'année 1723. *A Paris, chez F. Gérard Jollain.* Gr. in-fol.

62. — **L'Auguste Cérémonie du Sacre de Louis XV,** *Roy de France et de Navare, faite à Reims, le 25 octobre 1722.* Almanach pour 1723. *A Paris, chez F. Gérard Jollain.* Gr. in-fol.

63. — **L'Ordre et la marche et les cérémonies** *qui ont été observées à la publication de la Paix faite entre l'Empereur et le Roi de France le 1er Juin 1739.* Almanach pour 1740. *A Paris, chez Charpentier, rue St-Jacques, au Coq.* Gr. in-fol.

64. — **Almanach** *de l'Indicateur fidèle* pour l'Année 1766. *A Paris, chez Desnos.* Charmant almanach, dess. et gravé par Le Charpentier. Petit in fol. en larg.

65. — *Almanach de Cabinet* (avec portrait de Louis XV). Poisson, inv. *A Paris, chez Loyer, graveur.* — *La Justice qui détruit d'un seul de ses raisons la fortune des Agioteurs. A Paris, chez de Rochefort.* — Deux pièces. In-4 en larg. Belles épreuves *avant le texte.*

66. — **Almanach Républicain, An XIII.** Almanach composé de onze feuilles ornées de figures en-têtes représentant des Jeux d'enfants : *Le jeu de quille, le jeu de Siam, le vollant, le tonneau, la paume, le jeu de la bague;* etc. In-4, format agenda. Intéressant et rare.

AMÉRIQUE (Estampes relatives à l')

67. *Benj. Franklin, Hopkins, Arnold, I. Putnam, Ch. Lee et Robert Rogers.* — Cahier de 6 portraits, anonymes, gravés en Allemagne vers 1775. In-8, à toutes marges.

68. — **Benjamin Franklin.** — Réunion de Sept portraits anciens par Carmontelle, Le Beau, Martinet, Chevillet, St-Aubin, etc. In-fol. et in-4. Belles épreuves.

69. — **La Fayette** (Conclusion de la Campagne de 1781 en Virginie); **Le Général Washington.** — Deux pièces faisant pendants. Gravées par N. le Mire, d'après Le Paon. In-fol.

Belles épreuves. — Le portrait de « *La Fayette* » est en **2e état,** *avant les 4 vers ajoutés en 1789.*

70. — **La Fayette** (M. le Mis de), *commandant général de la Garde Nationale Parisienne.* Gravé d'après le dessin de Quenedey. *A Paris, rue Croix des Petits-Champs.* Médaillon rond.

Très belle épreuve **imprimée en couleurs.**

70 *bis.* — **Mort du Général Lafayette.** *Belfort, de l'imp. de J.-P. Cler.* In-fol. en larg.

Imagerie ancienne *coloriée.* Rare.

71. — **Recueil d'Estampes** *représentant les différens Évènemens de la Guerre qui a procuré l'Indépendance aux Etats-Unis de l'Amérique. A Paris, chez Ponce et chez Godefroy. A. P. D. R.*; Un vol. in-4, cart. anc.

Recueil de 16 planches, dont le titre-frontispices, gravées par *Ponce*, *Godefroy*, etc.

ANONYMES

72. **La Mort d'Adonis.** Pièce ovale. In-4 en larg., au pointillé.

Belle épreuve **imprimée en couleurs** et rehaussée. Marges. Encadrée.

72 *bis*. — **La Poésie.** Pièce ovale. In-4 en larg., au pointillé.

Très belle épreuve **imprimée en couleurs**. Encadrée.

73. — **La Protestation.** N° 344. Médaillon rond. In-4, au pointillé.

Jolie petite pièce. Très belle épreuve **imprimée en couleurs.**

ANSELIN (J.-L.)

74. **La Belle Jardinière** *(Portrait de Mme de Pompadour)*. D'après C. Vanloo. *A Paris, chez Basan et Poignant.* Petit in-fol.

Très belle épreuve de ce célèbre portrait, le plus joli de la maîtresse de Louis XV. Marges du cuivre.

ARDELL (Mac)

75. **Nivernois** (Louis-Jules Barbon Mazarini Mancini, Duc de). D'après A. Ramsay. In-fol., à la manière noire.

Belle épreuve,

AUBERT (à Paris, chés)

76. **Amours grotesques**. *A Paris, chez Aubert. Avec Privilège du Roi*. Suite de 10 planches ; en 1 vol. petit in-4, demi-rel. chag. bleu.

Charmantes petites pièces représentant l'*Amour séducteur, élégant, aveugle, jouant du violon, militaire, moissonneur*, etc.
Belles épreuves.

AUBERT (J.), BEAUVAIS (N. D. de)

77. **Gillot** (Charles), de Langres. D'après Cl. Gillot. *A Paris, chez Huquier*. — **Meissonnier** (J.-A.). D'après lui-même. — Deux portraits. In-fol.

Belles épreuves.

AUDRAN (J.) et J. PESNE

78. **Noël Coypel** ; d'après lui-même. 1708. — **Antoine Coyzevox**. D'après H. Rigaud, 1708. — **Nicolas Poussin**. *Audran, exc.* — Trois portraits. In-fol.

Belles épreuves.

BALECHOU (J.-J.)

79. **Sainte Geneviève**, Patronne de Paris. D'après C. Vanlo. *Chez l'Auteur, à Avignon*. In-fol., au burin.

Belle pièce considérée comme le chef-d'œuvre de l'artiste.

80. — *La Force* (Port. de M.-A. de Mailly, **D^sse^ de Chateauroux**). D'après Nattier. — **Julienne** (Jean de). A mi-corps, tenant le portrait de Watteau, son ami. D'après De Troy, 1752. — Deux portraits. In-fol. Belles épreuves.

BALLONS (Estampes relatives aux)

81. **Globe aérostatique.** *Cette machine est représenté ici s'élevant pour le seconde fois au milieu de la Prairie de Nesle...* Dess. par Desrais. Gravé par Denis. *A Paris, chez Jacques Chereau.* In-fol. en larg.

Belle épreuve *coloriée.* Toutes marges.

82. — **Tour de Calais.** *Nouvelle Machine aérostatique construite par M. Romain, par ordre du gouvernement, destinée à faire le passage de France en Angleterre, conjointement avec M. Pilatre de Rozier.* Dess. et gravé par Echard. *A Paris, chez Le Campion.* In-fol.

83. — **La 14e Expérience aérostatique de M. Blanchard**, *accompagné du Cher Lépinard faite à Lille le 26 août 1785. — Entrée de M. Blanchard et du Cher Lépinard dans la ville de Lille.* — Deux pièces faisant pendants, gravées par Helman, d'après L. Watteau, de Lille. In-fol. en larg.

Belles épreuves.

83 *bis.* — **Fête du 14 Juillet an IX.** *Vue du Temple élevé dans le grand carré des Champs-Elysées dans lequel le Concert fut exécuté. — A Paris, chez Basset.*

Belle épreuve *coloriée.* Encadrée.

BARKER (d'après)

84. **A Girl going to Market ; A Boy returning from Fishing** — Deux pièces faisant pendants. Gravées par Gaugain. *London, publ. 1800 by G. Testolini.* Gr. in-fol., au pointillé.

Très belles épreuves **imprimées en couleurs**, avec marges.

BARTOLOZZI (F.)

85. **A St James's Beauty.** D'après J.-H. Benwell. *Publ. 8 sept. 1783, by E. M. Diemar.* In-4 ovale, au pointillé.

Très belle épreuve *imprimée en sanguine*, avec marges.

86. — **Fortune.** D'après J.-B. Cipriani. *Publ. dec. 19. 1783, by G. Bartolozzi.* In-4 ovale, en larg., au pointillé.

Belle épreuve.

87. — **Lavinia.** D'après Gainsborough. In-fol., au pointillé.

Bell épreuve **avant la lettre.** Marges. Encadrée.

88. — **The Triumph of Beauty and Love.** D'après J.-B. Cipriani. In-4 ovale, au pointillé.

Très belle épreuve *imprimée en sanguine.* Petite marge découpée en ovale. Encadrée.

Voir la reproduction.

89. — **La Vierge à la chaise.** D'après Raffaël. *Publ. april. 15. 1778.* In-4. Pièce ronde, au pointillé.

Très belle épreuve *imprimée en sanguine*, à grandes marges.

90. — **Water.** D'après G.-B. Cipriani. Pièce ovale. In-4 en larg., au pointillé.

Très belle épreuve. Encadrée.

91. — **Condé (Louis-Joseph de Bourbon,** *Prince de).* Prince du Sang. D'après M[de] de Tott. In-fol., au pointillé.

Superbe épreuve **imprimée en couleurs.**

92. — **Le même.** In-fol., au pointillé.

Très belle épreuve **avant toute lettre.** Marges.

93. — **Lady Jane Dundas** (The Right Honble). D'après J. Hoppner. *London, publ. april 16. 1802 by John Jeffryes.* In-fol. au pointillé.

Très belle épreuve *avec la lettre grise*, et à grandes marges.

94. — **Malborough** *(La Famille du duc de).* D'après Sam. Shelley. *Publ. march. 28. 1783, by F. Bartolozzi.* In-4 au pointillé.

Charmante estampe d'un travail très fin. Très belle épreuve **avant la lettre.** Marges.

95. — **Marie-Christine, Archiduchesse d'Autriche,** Duchesse de Saxe-Teschen, Gouvernante générale des Pays-Bas. D'après Roslin. Gr. in-fol., au pointillé.

Très belle épreuve *imprimée en bistre.* Beau portrait.

Voir la reproduction.

BARBIERS (Estampe sur les)

96. *Grande Fabrique de Barbiers, Coeffeurs, Perruquiers, Baigneurs à la Nouvelle Mode, établie dans le faubourg de Stouward de la ville de Londres.* Estampe anonyme du XVIIIe siècle. In-fol. en larg., à l'*aquatinte, en bistre.*

BASSET (A Paris, chez)

96 *bis.* **Fête du Juillet An IX.** *Vue des 3 théâtre construits aux Champs-Elysées dans le Carré Marigny. — A Paris, chez Basset.* In-fol. en larg.

Belle épreuve *coloriée.*

BAUDOUIN (d'après P.-A.)

97. **Les Amants surpris.** Gravé par P.-P. Choffard, 1767. Dédié, avec armoiries gravées, à M. P.-J.-V. de Besenval. *A Paris, 1re Cour des Quinze-Vings.* In-fol.

Très belle épreuve. Petites marges.

98. — **Les Amours Champêtres.** Gravé par P.-P. Choffard, 1767. Dédié, avec armoiries gravées, à M. Trudaine de Montigny. *A Paris, 1re Cour des Quinze-Vingts*. In-fol.

Très belle épreuve. Petites marges.

99. — **Le Matin.** Gravé par E. de Ghendt. *A Paris, chez de Ghendt et Desmarets*. In-fol.

Très belle épreuve.

100. — **Perrette.** Gravé par H. Guttenberg. *A Paris, chez Basan et Poignant*. Petit in-fol.

Très belle épreuve à toutes marges.

101. — **Rose et Colas.** Gravé par Simonet. *A Paris, chés Basan et Poignant*. In-fol.

Très belle épreuve avec marges.

Voir la reproduction.

102. — **La Sentinelle en défaut.** Gravé par N. de Launay, 1771. Dédié, avec armoiries gravées, à S. A. S. Mgr Christian IV, Prince Palatin du Rhin. *A Paris, chez l'Auteur*. In-fol.

Très belle épreuve. Petites marges.

103. — **Le Soir.** Gravé par E. de Ghendt. *A Paris, chez de Ghendt et Desmaret*. In-fol.

Belle épreuve.

BAUDOUIN (S.-R.)

Graveur-Amateur. Colonel au Régiment des Gardes Françaises

104. **Biron** (L.-A. de Gontaut, duc de). Pair et Maréchal de France, 1761. In-fol.

Très belle épreuve du **1er état,** *avec le titre de « Colonel »* remplacé ensuite par celui de « *Brigadier* ».

BEAUVARLET (J.-F.)

105. **Molière** (J.-B. Poquelin de). A mi-genoux, assis dans un fauteuil ; avec encad. orné. D'après S. Bourdon. *A Paris, chez le Sr de Mailly.* In-fol.

Belle épreuve **d'état,** *avec l'adresse de Mailly, et avec la dédicace à MM. les Ducs d'Aumont, de Fleury, de Richelieu et de Duras,* dédicace qui a été remplacée par deux lignés de vers.

BERNARD (J.)

107. **Mlle Descarsin.** Portrait calligraphique. Gravé par Petit, 1789. *A Paris, chez J. Chereau.* In-fol.

Belle épreuve *en couleurs.* Rare.

BERVIC (Ch.-Cl.)

108. **Sénac de Meilhan** (Gabriel). Intendant du Hainault. D'après J.-S. Duplessis. *A Paris, chez Aliamet.* In-fol.

Belle épreuve.

BIGG (d'après W.-R.)

109. **Un jeune Matelot** *racontant son naufrage à la porte d'une chaumière.* Gravé par Duthé. *A Paris, chez Tessari et Cie.* In-fol. en larg., au pointillé.

Très belle épreuve **imprimée en couleurs.** Marges.

BLAIZOT (d'après)

110. **Le Docteur Gall à Cythère.** Pièce ovale avec *chanson* au-dessous, dans un médaillon rond. Gravé par Prot. *A Paris, chez Martin.* Petit in-fol.

Belle épreuve **imprimée en couleurs.**

BOILLY (d'après L.)

112. **Ah ! comme il y viendra !** Gravé par A.-F. Clavereau. In-fol., au pointillé.

Très belle épreuve **avant la lettre,** finement *réhaussée en couleurs,* et *à toutes marges.*

N° 595 du Catalogue.

N° 88 du Catalogue.

N° 95 du Catalogue.

N° 177 du Catalogue.

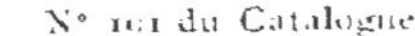
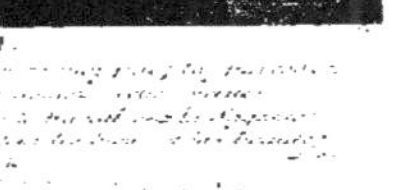
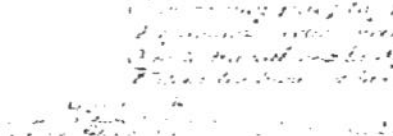
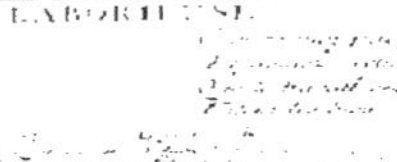
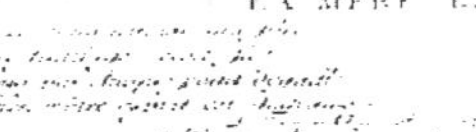
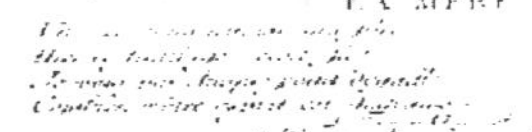

N° 101 du Catalogue.

N° 133 du Catalogue.

N° 343 du Catalogue.

113. — **L'Amant favorisé ;**
La Comparaison des petits pieds.
Deux pièces faisant pendants, gravées par Alex. Chaponnier. *A Paris, chez l'auteur*. Gr. in-fol., au pointillé.

Très belles épreuves avec marges.

114. — **L'Amant favorisé**. Gravé par Al. Chaponnier. In-fol. au pointillé.

Très belle épreuve remargée avec soin et encadrée.

115. — **L'Amusement de la Campagne ;**
La Solitude.
Deux pièces faisant pendants, gravées par S. Tresca. *A Paris, chez l'auteur*. In-fol.

Trés belles épreuves *à toutes marges*.

116. — **Le Cadeau**. Gravé par J. Bonnefoy. *A Paris, chez l'Auteur*. In-fol., au pointillé.

Très belle epreuve avec marge.

117. — **Caroline ;**
Georgette.
Deux pièces faisant pendants. *A Paris, chez Villeneuve, graveur*. Petit in-4 ovale, au pointillé.

Réduction de deux pièces de Boilly : *L'Attente et la Solitude*. Rares.

118. — **La Jarretière**. Gravé par S. Tresca. *A Paris, chez l'Auteur*. In-fol.

Superbe épreuve *imprimée en bistre* et *à toutes marges*.

Voir la reproduction.

119. — **La Précaution ;**
La Solitude.
Deux pièces faisant pendants, Gravées par S. Tresca. In-fol., au pointillé.

Très belles épr. **imprimées en couleurs**, remargées avec soin et encadrées.

BOILLY (L.)

120. **Le Bon Ménage**. 1830. *Paris, chez Chaillou-Potrelle*. In-fol., en larg., lithographie originale.

Très belle épreuve *coloriée*.

121. — **Les Epoux heureux**. 1826. Lithographie originale. In-fol.

Très belle épreuve *coloriée*. Encadrée,

C'est la pièce où se retrouve le mieux la manière du peintre ; adroitement coloriée, elle peut donner l'illusion d'un tableau (Béraldi).

122. — **Grimaces**. Lithographie originale. Gr. in-fol. en larg.

Pièce typique du genre. Elle renferme plus de 30 expressions de la Physionomie humaine.
Belle épreuve *coloriée*. — Encadrée.

BOMMER

123. **Tableau de l'Armée Française. Pr^e Sect. La Cavalerie**. *Nouvelle organisation*. Dédié à S. A. R. M. Louis Ph. Duc d'Orléans, Comte de Paris, etc. *Publié chez Louis de Kleist, à Dresde*. Gr. in-fol. en larg.

Très belle pièce représentant *Louis-Philippe passant en revue les différents régiments de la cavalerie*.
Superbe épreuve *en couleurs*.

BONNART et TROUVAIN

124. **Collection de Portraits en pied, de Souverains, de grands Seigneurs et de grandes Dames**, *vêtus en modes nouvelles et habillements à la mode de l'époque Louis XIV*. 27 pièces in-4.

27 pièces intéressantes et comme costumes et comme portraits, parmi lesquelles on remarque :
Comtesse d'Olonne estant à l'Eglise. — Mlle Dangeau à sa toilette. — D^sse de La Feuillade. — M^ise de Richelieu. — M^ise de Belfons. — M^ise d'Antin. — D^sse d'Humières en

habit de bal. — D^lle de Savoye. — P^sse de Condé. — P^sse de Conty, douarière. — Les 3 enfans de France jouant au Tric-Trac (2 épreuves, dont 1 à la manière noire par Schenck). — Mgr le Dauphin. — Duc d'Anjou. — Duc de Berry. — Duc de Bourgogne. — Duc de Maine, etc.

Belles épreuves, *1 coloriée.*

BONNET (L.-Marin)

125. **Dilecti Pueri : The Beloved Children.** D'après Lagrennée *(sic)*. In-fol. en larg., au pointillé et lavis de couleurs.

Belle épreuve **imprimée en couleurs**. Marges.

125 *bis*. — **Enblêmes :** *Mes yeux sont attaché sur vous. — Lorsque deux cœurs s'entendent... — Quand vous seré prudent...* (N° 743) ; 3 pièces. — **Fables :** *Le Barbet et les Cannes* (N° 713). — *Le Singe et le Chat* (N° 721). — *Le Renard et la Cigogne* (N° 730) ; 3 pièces. — *A Paris, chez Bonnet*. Ens. 6 pièces in-4.

Très belles épreuves **imprimées en couleurs**. Marges. — **Très rares**.

126. — **Femme nue,** *assise*. In-fol., en manière de crayon.

Bonne épreuve *imprimée en sanguine, avant toute lettre.* Marges. Encadrée.

127. — **Femme nue**, *assise sur un lit de repos, la jambe droite étendue sur le lit et la gauche posée à terre ; à ses pieds, un chat ; draperies au fond.* D'après F. Boucher. In-fol., à la manière de crayon.

Très belle épreuve *imprimée en sanguine*. Encadrée.

127 *bis*. — **Femme russe**, *debout*. D'après Le Prince. *A Paris, chez Bonnet*. N° 90. In-fol., à la manière de crayon.

Belle épreuve *imprimée en couleurs*. Marges.

128. — **La Laveuse.** D'après F. Boucher. *A Paris, chez l'Auteur.* N° 18. In-fol. en larg., en manière de crayon.

Très belle épreuve *imprimée en sanguine.*

129. — **La Petite Ecole.** D'après F. Boucher. *A Paris, chés la V° de F. Chereau.* N° 58. In-4, à la manière de crayon.

Très belle épreuve *imprimée en sanguine.*

129 *bis.* — **Sirinx poursuivie par Pan, est changée en Roseaux.** *A Paris, chez Bonnet.* In-4, au lavis.

Très belle épreuve *imprimée en sanguine.*

130. — **Tête de jeune femme.** D'après Ch. Eisen. 1767. *A Paris, chez Bonnet et chez la V° Chereau.* In-4, à la manière de crayon.

Très belle épreuve *imprimée sur papier bleu, avec rehauts de blanc.*

131. — **The Milke Woman.** Pièce ovale. In-fol., en manière de crayon.

Belle épreuve **imprimée en couleurs**, rognée à l'ovale. Encadrée.

132. — **The Pretty Noesgay Garle.** D'après Greuze. In-fol. ovale, en manière de crayon.

Très belle épreuve **imprimée en couleurs**, *avant la lettre* et *avant l'encadrement.*

133. — **Vénus aux Colombes.** D'après F. Boucher. In-fol. en larg., en manière de crayon.

Très belle épreuve *imprimée aux trois crayons.*
Voir la Reproduction.

134. — **Vue des Environs de Dantzick.** *A Paris, chez Bonnet.* In-4 en larg.

Très belle épreuve **imprimée en couleurs.** Marges.

134. *bis* — **Vue des Environs de Sartrouville.** *A Paris, chez Bonnet.* In-4 en larg., en manière ce crayon.

Belle épreuve **imprimée en couleurs.** Petites marges. — Encadrée.

135. — **Louis XV**, Roi de France et de Navarre. Buste dans un ovale équarri. D'après M. Vanloo. *A Paris, chez Bonnet.* Gr. in-fol.

Très beau portrait. Très belle épreuve avec marges.

BONNET (L.) et DESCOURTIS

136. *Douzième bouquet de fleurs variées.* D'après Carle. N° 450. — *Bouquet de Roses et d'Œillets.* D'après Carle. N° 978. — *Pavots.* D'après C. Van Spaendonck. — Trois pièces.

Très belles épreuves **imprimées en couleurs.** Marges.

BOSSE (Abraham)

137. **Les Sept œuvres de Miséricorde** : *Donner à boire à ceux qui ont soif.* — *Vestir les nuds.* — *Le Blond, exc.* Deux pièces. In-4 en larg.

Belles épreuves.

138. — **Visiter les Prisonniers** (Pl. 5 des Sept Œuvres de Miséricorde). In 4 en larg.

Très belle épreuve **avant toute lettre.** *Très rare.*

139. — **Les Vierges sages.** *Ces belles Vierges que tu vois...* — **L'Enfant prodigue**, pl. 4. *Un deuil continuel...* — **Un Amant** *exprimant sa passion à sa maîtresse pendant que leur pères et mères sont occupés à dresser le contrat de mariage.* — *Le Blond, exc.* Trois pièces. In-4 en l.

Belles épreuves.

BOUCHER (d'après F.)

140. **Les Amusemens de l'Hiver** (Portrait de **Mme de Pompadour**). Gravé par J. Daullé. Dédié, avec armoiries gravées, à Mme de Pompadour. *A Paris, chez l'Auteur. A. P. D. R.* In-fol. en larg.

Très belle épreuve. Marges.

141. — **Bathsheba**. Gravé par W.-W. Ryland, 1764. In-fol., en manière de crayon.

Très belle épreuve *imprimée en sanguine*. Encadrée.

142. — **Ce geste menaçant...**
Que ton sort est charmant,...
Deux pièces faisant pendants, gravées par J.-G. Huquier fils. *A Paris, chés Huquier fils*. In-4.

Belles épreuves.

143. — **Les Charmes de la Vie Champêtre.** Gravé par Daullé. Dédié, avec armoiries gravées à M. le Mis de Marigny. *A Paris, chez J. Daullé*. In-fol.

Très belle épreuve remargée sur les côtés. — Encadrée.

144. — **Intérieur de Ferme**. Gravé par B. Dazaincourt. — **Femme de Crimée**. Deux pièces. In-4 en larg. et en haut.

Belles épreuves *imprimées en bistre et en sanguine*.

145. — **La Musique**. Gravé par P. Aveline. *A Paris, chez Huquier*. In-fol.

Belle épreuve remargée sur trois côtés. — Encadrée.

146. — **L'Obéissance récompensée**. Gravé par R. Gaillard. Dédié, avec armoiries gravées, à M. Papillon, de la Ferté. *A Paris, chez l'Auteur*. In-fol.

Très belle épreuve à toutes marges.

147. — **Le Petit Souffleur de bouteilles de savon.** Gravé par J. Daullé, 1758. *A Paris, chez Daullé.* In-4.

Belle épreuve.

148. — **Le Retour du Courrier.** Gravé par J. Beauvarlet. In-fol.

Superbe épreuve **avant toute lettre**; petite marge, Encadrée, cadre ancien bois sculpté.

149. — **Tête de jeune fille,** *de profil à gauche, ruban autour du cou.* Gravé par F^sc^ Basset. *A Paris, chez Basset l'aîné.* In-4, en manière de crayon.

BOUCHER et PIERRE (d'après)

150. **Les Présents du Berger;**
Les Serments du Berger;
Deux pièces faisant pendants, gravées par L. Lempereur. Dédiées, avec armoiries gravées, à Mme la D^sse^ de Villeroy, et Mme la D^sse^ de Villequier. *A Paris, chez Lempereur.* In-fol. en larg.

Très belles épreuves à grandes marges.

BOUCHER (F.) et Mme VIGÉE LE BRUN (d'après)

151. **L'Attention dangereuse**;
La Vertue irrésolue;
Deux pièces faisant pendants. Gravées par Dennel. In-4.

Très belle épreuve **avant toute lettre.**

BOULANGER (Jean)

152. **Jove**, Résident de Genève. D'après Jean-François, franciscain, 1659. *(Epr. avant la lettre).* — **Richelieu** *(Pourtraict de M^r^ le C^al^ de).* 1630. — **R. M. Magdelène de St-Joseph**, Carmélite. — Trois portraits. In-fol. et in-4. Belles épreuves.

BRETON

152 *bis*. **La Religieuse à la Toilette.** *A Paris, chez Me Breton.* No 68. In-4 ovale, en larg., au pointillé.

Très belle épreuve **imprimée en couleurs**. Marges.

BRICEAU (Angélique), fme Allais

153. **Agricola Vialla.** *Se vend à Paris, chez l'auteur.* In-fol., ovale, au lavis de couleurs.

Superbe épreuve **imprimée en couleurs**. Marges.

154. — **Chalier** (Joseph), Président du District de Lion en 1793. *A Paris, chez Bance.* In-fol., ovale, au lavis de couleurs.

Superbe épreuve **imprimée en couleurs**, et à *toutes marges*.

BROWN (d'après M.)

155. **S. A. Royale le Prince Adolphus et le Maréchal Freytag** *faits prisonniers par les Françoises dans le village de Rex-poede près de Dunkerque.* Gravé par S.-W. Reynolds. *Publ. by Orme, London, june 7. 1794.* Gr. in-fol. en larg., en manière noire.

Belle épreuve.

CALLOT (J.)

156. **La Foire de Florence.** 1620. *Fe Florentiæ et excudit Nanceij.* Gr. in-fol. en larg.

Pièce capitale. Belle épreuve.

CAMPANA (d'après Maria)

157. **Le Trait inévitable.** Gravé par A.-S. Gibelin. *A Paris, chez la Ve Lagardette et chez Alibert.* Petit in-4. Pièce ronde, au pointillé.

Très belle épreuve *imprimée en sanguine*, à *toutes marges*.

CANOT (d'après)

158. **Le Souhait de la bonne année au Grand Papa.** Gravé par J.-Ph. Le Bas. *A Paris, chez J. Ph. Le Bas, et à Rouen chez J.-B. Descamps, 1747.* In-fol.

Belle épreuve. Petites marges.

CARÊME (d'après)

159. **L'Aveugle détrompé.** Gravé par Wossenick. *A Paris, chez la Veuve Avaulez. A. P. D. R.* In-fol., à la manière de crayon.

Très belle épreuve **imprimée en couleurs**, avec marges. Encadrée, cadre ancien.

160. — **Les Plaisirs du Bain.** Gravé par Jubier. *A Paris, chez Bonnet. N° 629.* In-4 en larg.

Très belle épreuve **imprimée en couleurs.** Petites marges. Encadrée. Cadre ancien.

161. — **Le Premier Don de l'Enfance.** *A Paris, chez Bonneville.* In-fol., au pointillé.

Très belle épreuve **imprimée en couleurs.** Marges.

CARICATURES, SCÈNES de MŒURS

Estampes sur les Incroyables et Merveilleuses

162. *Ah? qu'il est donc drôle! Hai, dis donc ma lorgnette te fais peur?* In-fol. en larg., au pointillé.

Belle épreuve *coloriée.* Encadrée.

163. — *Arrivée des Remplaçans; Départ des Remplacés, ou Tableau de Paris et de la France, en Floréal.* Deux pièces faisant pendants. — *Hélas! de vous à moi tel est la différence! c'est incroyable.* — Ens. trois pièces; in-fol. en larg.

Belles épreuves *coloriées.* Les 2 premières à *toutes marges,*

164. — *Les Croyables au Péron.* Gravé par Tresca. — *La Réponse Incroyable.* Deux pièces en médaillons ronds. In-4 au pointillé.

Belles épreuves *coloriées.*

164 *bis.* — *Les Incroyables.* D'après C. Vernet. In-4 en larg.

Belle épreuve remmargée dans le haut.

165. — *La Folie du Jour.* Gravé par Tresca. In-fol. en larg., au pointillé.

Très belle épreuve *coloriée*, remmargée du bas et encadrée.

Voir la reproduction.

166. — *Les Merveilleuses.* Gravé par Darcis, d'après C. Vernet. In-4 en larg., au pointillé.

Belle épreuve *coloriée.* Remmargée sur les côtés. Encadrée.

167. — *Une Heure avant le Concert ou les Musiciens à table ;*

Une Heure de retard pour le Concert ou les Musiciens en route par une averse.

Deux pièces faisant pendants. In-4 en larg., à l'aquatinte.

Belles épreuves *coloriées.* Sans marges sur les 3 côtés.

168. — *Le Désagrément des Ruisseaux ;*
Le Ménage de Garçon ;
Le Samedi des Ouvrières ;
Paris tel qu'il est ou le trompe-l'œil.

Quatre pièces publiées à *Paris, chez Bassel, chez Charron et chez Martinet.*

Très belles épreuves *coloriées*, à toutes marges.

169. — *Guerre des petites Bêtes contre les grosses ;*
L'Hiver paraît moins long quand l'on sait s'échauffer ;
Jocrisse devenu mauvais sujet ;
Suitte et effet du Mariage de M. Richelet.
Quatre pièces publiées *à Paris, chez Noël frères.*

Très belles épreuves *coloriées*, dont 3 à toutes marges.

170. — *Le Bain à la Papa.* A Paris, chez Martinet. — *Le Bon Genre n° 82. Costumes Français et Uniformes anglais.* — *Deux contre un.* A Paris, chez Basset. — *Crédit est mort.* A Paris, chez Basset. — *Brunet, Pothier et Vernet, dans les Anglaises pour rire.* A Paris, chez Martinet. — *Le Décrotteur distrait.* Chez Martinet. — *Honni soit qui mal y voit.* — Sept pièces. Belles épreuves *coloriées*.

CARMONTELLE (L.-C. de)

171. **Chauvelin** (H.-Ph. de). — **Entragues** (Mis d') et le Ch^r Montbarrey. — **Fontenay** (G.-Fr. de). — **Lambert**, Conseiller au Parlement. — **Trudaine de Montigny** (J.-C. Ph.). — Cinq portraits gravés par Delafosse et autres.

Belles épreuves.

CARS (L.), CHEREAU (F. et J.)

172. **Bourdon** (Séb.). D'après Rigaud, 1733. — **Auguier** (Michel). D'après G. Revel, 1733. — **Boullongne** (Louis de). D'après lui-même, 1718. — **Sabran** (Mme de). D'après Vanloo. — Quatre portraits. In-fol.

Belles épreuves.

CATHELIN (L.-J.)

173. **Le Comte d'Artois.** D'après Frédou, 1773. In-fol.

Très belle épreuve **avant toute lettre** et *à toutes marges.*

174. — **Paris de Montmartel** (J.), *Marquis de Brunoy*. Figure entière, assis ; riche ameublement. D'après de La Tour. Gr. in-fol.

Belle épreuve de ce beau portrait décoratif. Encadré.

CAZENAVE

175. **Napoléon Premier**, Empereur des Français et Roi d'Italie. D'après Vanderwall. En pied, debout, en costume de sacre, il tient le Code civil. *A Paris, chez l'Auteur et chez M. Dubois*. Gr in-fol., au pointillé.

Très belle épreuve de ce beau portrait décoratif **imprimée en couleurs** *et rehaussée*. Devenu fort rare aujourd'hui.

CHAPUY (J.-B.)

176. **Vue persp. du Champ-de-Mars,** *jour du Serment civique prononcé par la Nation française assemblée à Paris le 14 juillet 1790*. In-fol. en larg., à l'aquatinte.

Très belle épreuve **imprimée en couleurs**.

CHARDIN (d'après)

177. **La Gouvernante ;**
La Mère laborieuse.
Deux pièces faisant pendants, gravées par Lépicié, 1739 et 1740. *A Paris, chez l'auteur et chez L. Surugue*. In-fol.

Belles épreuves. Petites marges.

Voir la reproduction.

CHEMINS DE FER (Estampe sur les)

179. **Notions sur le Chemin de Fer**. Gravé par J.-B. Blasseau. *Publié par F. Tessaro, Md d'Estampes, à Anvers*. In-fol. en larg.

Belle épreuve *coloriée*.

CHARON

180. **Bertrand. — Brune. — Eugène Beauharnais. — Marceau. — Mortier. — Rapp.** Six portraits en pied, d'après Aubry et Martinet. *A Paris, chez Jean.* In-fol., à l'aquatinte.

Belles épreuves **imprimées en couleurs.**

CHARPENTIER

181. *Dessein en perspective d'une grande Loupe formée de 2 glaces de 52 pouces de diamètre, coulées à la manufacture royale de St-Gobain. La monture a été construite d'après les idées de M. de Bernière, perfectionnée et exécutée par M. Charpentier, mécanicien au Vieux-Louvre.* In-fol, en larg. — Deux épreuves, dont l'une **avant la lettre.** Rare.

CHASSE (Estampes relatives à la)

182. *Meutte du Roy, le 29 juin 1725. — Petite Meutte du Roy,* le 10 juillet 1727. — *De l'imp. du Cabinet du Roy.* Deux pièces.

Pièces rares, donnant les noms de 188 chiens de chasse ; l'une d'elle est ornée d'un joli encadrement.

CHEVEAU (d'après)

183. **Le Bon Accord.** Gravé par Bonnet. Petit in-4 ovale.

Très belle épreuve **imprimée en couleurs.** Petite marge découpée en ovale.

184. — **Le Repos.** Gravé par J.-B. Louvion. Petit in-fol., au lavis de couleurs.

Très belle épreuve **imprimée en couleurs.** Marges.

CHEVILLET

185. **Chardin** (J.-B.-S.). Peintre du Roi. D'après lui-même, 1771. In-fol. Belle épreuve.

CIPRIANI (d'après G.-B.)

186. **L'Agréable Distraction**. Gravé par Michel. *A Paris, chez : 'ance*. In-4 ovale, au pointillé.

Pièce for. gracieuse.
Très belle épreuve **imprimée en couleurs**. Marges.

187.— **Cérès**. Gravé par Me Pezard. *A Paris, chez le citoyen Pezard*. In-4. Pièce ronde, au pointillé.

Belle épreuve *imprimée en bistre*.

COIFFURES

188. **A la Bergère ;**
Chapeau à la Brunette.
Deux pièces. *A Paris, chez Bonet* (sic). In-4.

Belles épreuves *coloriées* (coloris ancien).

COSWAY (d'après R.)

191. **Le Brun** (Made), de l'Acad. Rle de Peinture. Assise sur un coussin, devant son chevalet. *A Paris, chez Fatou*. In-4 au pointillé.

Jolie pièce. Belle épreuve *imprimée en bistre*.

192. — **Madame Récamier**. Gravé par A. Cardon. *London, publ. june 15. 1802 by G. Bartolozzi*. In-4, au pointillé.

Belle épreuve.

193. — **French** *(Portrait de Madame Récamier)*. Médaillon rond. Gravé par Fromon. *Publ. june 1. 1816, by Edw. Orme*. In-4, au pointillé.

Très belle épreuve *avec la lettre ouverte*, à toutes marges.

On y a joint :

Costume Parisien, An 11 (pl. 425). *Voile et Tunique à la Vestale* (Portrait de Mme Récamier). In-8. Belle épr. *coloriée*.

194. — **Lady Sesson**. Gravé par W. Dickinson. *London, publ. june 20 1783, by W. Dickinson*. In-fol., au pointillé.

Superbe épreuve *avant la lettre, imprimée en sanguine* et à grandes marges.
Voir la reproduction.

195. — **Portraits en pied de deux jeunes filles.** Gravé par Giacomo Minasi. Petit in-fol., au pointillé.

Très belle épreuve *avant la lettre*, **imprimée en couleurs**.

COUCHÉ (J.)

196. **Le Retour au Gite.** D'après Morete. Dédié, avec armoiries gravées, à M. le Bon de Poudenx. *A Paris et à Londres, chez Tessari et C°*. In-4 en larg.

Très belle épreuve *imprimée en deux tons : bleu et bistre*. Marges. Encadrée.

CRAIG (d'après W.-M.)

197. **Mrs. Mullens**. Gravé par Hen. Landseer. *Publ. march 25. 1807, by Edw. Orme*. Petit in-fol., au pointillé.

Très belle épreuve. Marges.

DAMOUGEOT

198. **Les Petits Joueurs.** *A Paris, chez Fatou*. In-4 ovale, en larg., au pointillé.

Très belle épreuve **imprimée en couleurs**. Marges.

DANCE (d'après N.)

199. **Thomas Brown**, Ingénieur hydrographique et architecte, « *Garter Principal King of Arms* ». En pied, accompagné d'un chien. Gravé par W. Dickinson. *London, publ. nov. 1. 1780 by Watson et Dickinson*. Gr. in-fol., à la manière noire.

Très belle épreuve **avant la lettre.**

DAULLÉ (J.)

201. **Gendron** (Cl. Deshayes), célèbre Médecin et Oculiste. D'après H. Rigaud, 1737. In-fol.

Très belle épreuve **avant la lettre**. Le titre calligraphié à l'encre de chine.

202. — *Climène essaïant les flèches de l'Amour* (**Port.** de **Mme de Pompadour**). D'après Nonnotte. — **Gauffecourt**, de Genève. Ami de J.-J. Rousseau. D'après Nonnotte, 1754. — **Nestier** (M^{r} de). Ecuyer ord. de la grande Ecurie du Roy. D'après Delarue. 1753. — **Rousseau** (J.-B.). D'après Aved. — **Sonnois** (C.-H.). D'après Cornu. — Cinq portraits. In-fol. Belles épreuves.

DEBUCOURT (P.-L.)

203. **Alexandre Ier**. 1807. Figure entière, debout. Gr. in-fol., à l'aquatinte.

Superbe épreuve **imprimée en couleurs**.

204. — **L'Arrivée ;**
Une Course au Champ de Mars.
Deux pièces faisant pendants. D'après Carle Vernet. Très gr. in-fol. en larg., à l'aquatinte.

Très belles épreuves avec marges.

205. — **Le Courrier Anglais**. D'après C. Vernet. *A Paris, chez Bance*. In-fol. en larg., à l'aquatinte.

Belle épreuve *coloriée*.

206. — **La Mis de Poissons**. D'après C. Vernet. *A Paris, chez Bance et Aumont*. In-fol., à l'aquatinte.

Belle épreuve *coloriée*. Grandes marges.

207. — **Le Maréchal Ferrant Francais**. D'après Carle Vernet. *A Paris, chez Lordereau*. Gr. in-fol. en larg., à l'aquatinte.

Très belle épreuve. Marges.

208. — **Modes et Manières du Jour :** *C'est en vain.* — *La Petite Coquette.* — *Elle y pense.* — Trois pièces (Nos 5, 6 et 41).

Très belles épreuves *coloriées.*

209. — **Passez payez ;**
Il n'y a pas de feu sans fumée.
Deux pièces d'après C. Vernet. *A Paris, chez Ch. Bance.* In-fol., à l'aquatinte.

Belles épreuves *coloriées.*

DE GOUY (A.-M.)

210. **[Nymphe aux Colombes].** D'après A. Kauffmann. In-4 ovale, au pointillé.

Belle épreuve *avant la lettre,* **imprimée en couleurs.** Marges.

DE LAUNEY de BAYEUX (d'après)

211. **Pèlerinage à St Nicolas.** Gravé par J. Mathieu. *A Paris, chez Toulouse et Nicolas, et chez l'auteur.* Gr. in-fol. en larg.

Très belle épreuve. Marges.

DE MACHY (P.)

212. **Bataille de Fontenoy.** D'après Vivie. In-4, au lavis de couleurs.

Belle épreuve **imprimée en couleurs.** Marges.

DEMARTEAU (G.)

213. **Tête de femme.** D'après F. Boucher. N° 8. In-fol., à la manière de crayon.

Belle épreuve *imprimée en sanguine.* Marges.

214. — **Cour de Ferme.** D'après F. Boucher. Dédié, avec armoiries gravées, à M. Blondel d'Azincourt. N° 11. In-fol. en larg., en manière de crayon.

Belle épreuve *imprimée en sanguine.*

215. — **Têtes de jeunes filles**, *l'une de profil gauche, la main sur un livre ; l'autre auprès d'elle, la tête couchée sur son épaule.* D'après F. Boucher (n° 14). In-fol., à la manière de crayon.

Très belle épreuve *imprimée en sanguine.*

215 *bis.* — **La Bohémienne.** D'après F. Boucher, N° 43. In-4, en manière de crayon.

Belle épreuve *imprimée en sanguine.*

216. — **Les Blanchisseuses**. D'après F. Boucher (n° 63). Dédié, avec armoiries gravées, à Mr de Julienne. In-fol. en l., en manière de crayon.

Très belle épr. *imprimée en sanguine.*

216 *bis.* — **Jeune Femme** *assise au bord de l'eau, se lavant le pied.* D'après F. Boucher. N° 104. In-4, en manière de crayon.

Belle épreuve *imprimée en sanguine.*

217. — **Jeune fille endormie** *surprise par un jeune homme.* D'après F. Boucher. N° 137. In-fol., à la manière de crayon.

Jolie pièce. Belle épreuve *imprimée en sanguine.*

218. — **Paysanne**, *vue de dos, coiffée d'une marmotte, tenant du bras gauche un panier plat ; de la main droite elle tire un enfant.* D'après F. Boucher (N° 177). Petit in-4 ; à la manière de crayon.

Belle épreuve *imprimée en sanguine.* Sans marges. Encadrée, cadre ancien.

219. — **Allégorie sur le Mariage de Louis XVI et Marie-Antoinette.** D'après Guérin (nº 222). In-fol., en manière de crayon.

Belle épreuve *imprimée en sanguine.*

220. — **Mausolée.** D'après F. Boucher. (Nº 235). In-fol., à la manière de crayon.

Très belle épreuve *imprimée en sanguine, à toutes marges.*

220 *bis.* — **Tête de femme.** D'après Le Prince. Nº 241. In-fol. à la manière de crayon.

Belle épreuve *imprimée en sanguine.*

221 — **Deux Amours sur des nuages.** D'après F. Boucher. Nº 252. In-fol. en larg.

Bonne épreuve *imprimée en sanguine.* Encadrée.

221 *bis.* — **Jeune paysanne,** *assise de face, tenant d'une main un panier, sur les bras un enfant ; un autre enfant debout contre son épaule.* D'après F. Boucher. Nº 295. In-4, à la manière de crayon.

Très belle épreuve *imprimée en sanguine.* Marges.

222. — **Femme Russe,** *assise de face sur un banc, dans un paysage ; panier de fleurs à ses côtés.* D'après Le Prince (nº 384). In-fol., à la manière de crayon.

Belle épreuve *imprimée en deux tons : noir et sanguine.*

223. — **Le Marchand d'Huitres.** D'après Clermont. Nº 454. In-fol., à la manière de crayon.

Très belle épreuve *imprimée en deux crayons : noir et sanguine.* Sans marges. Encadrée, cadre ancien.

224. — **Paysages.** D'après J.-B. Huet et Hoüel. — Quatre pièces. In 4, en manière de crayon.

Belles épreuves *imprimées en sanguine.*

225. — **Études de Têtes et d'Académies**. D'après Pierre, Durameau, Bouchardon, Monnet et Vanloo. — Douze pièces in-fol., en manière de crayon. (Nes 271, 274, 275, 276, 278, 305, 324, 325, 401, 403, 404 et 435).

Belles épreuves *imprimées en sanguine.*

DESCOURTIS (C.)

226. **Vue du Port Saint-Paul,** *prise au bas du parapet* D'après de Machy. *A Paris, chez l'auteur et chez Descourtis.* Gr. in-fol. en larg., au lavis de couleurs.

Belle épreuve **imprimée en couleurs.** Petites restaurations.

Encadrée, *cadre ancien en bois sculpté et doré.*

226 *bis*. — *Vue de la Chapelle de Guillaume Tell.* — *Vue de Schadau sur le lac de Thun.* — Deux pièces d'après Fuesly et Clément. In-fol. en larg,, au lavis de couleurs.

Très belles épreuves **imprimées en couleurs.** Marges.

DESPLACES (L.)

227. **Duclos** (Marie-Anne). Célèbre tragédienne, à mi-genoux, dans le rôle d'Arianne. D'après Largillière, 1741. Gr. in-fol.

Belle épreuve.

DESRAIS (d'après)

228 **La Chute inévitable.** Gravé par Deny. *A Paris, chez l'auteur.* In-4 en larg.

Très belle épreuve. Marges.

228 *bis*. — **Le plus fort me tente**. In-4 ovale.

Très belle épreuve *coloriée* (coloris ancien) ; marges. Encadrée, cadre ancien.

DESSINS

BONNART

229. *La Délivrance des prisonniers d'Estat et le rappelle des exillés, premier action du Roy à son avennement à la couronne.* Dessin original au crayon rouge, signé. In-fol. en larg.

BOUCHER (École de)

230. *Téle de Jeune Fille.* Dessin à la sanguine. Encadré, cadre ancien.

COCHIN (Attribué à C.-N.)

231. **Clairaut. — Conte de Caylus**. Deux portraits à la mine de plomb.

FORTIN (de Dijon)

Dessinateur du XVIIIe siècle

232. **Trophées**. Cinq dessins originaux, plume et lavis, signés, pour illustrer une *Histoire de la Maison de Condé.*

LA JOUE (Attribué à)

233. **Sujet rocaille**. Dessin au crayon noir, sur papier bleu, avec rehauts de blanc. Encadré, *cadre ancien.*

MONNET (C.)

234. **Les Aventures d'Enée**. Dessin original à la sépia, pour les *Métamorphoses d'Ovide, Paris, 1767-1771.*

Charmant petit dessin qui a été gravé par *Choffard*, en 1768. — On y a joint une épreuve *du tirage à part*, de la gravure. — Encadré.

MONNIER (Louis)

Dessineur et graveur d'Ex-Libris et de Vignettes du XVIIIe siècle, *né à Dijon.*

235. Réunion de **37 Dessins originaux** au crayon et à l'encre de chine : *Modèles de cartes d'entrée, d'insignes révolutionnaires, de vignettes,* etc.

NATOIRE

236. **Etude pour Psyché et l'Amour.** Tableau exécuté pour la décoration de l'Hôtel de Soubise. Dessin à la sanguine.

Beau dessin. Encadré.

SERGENT-MARCEAU

237. **Portrait du Capitaine Maugas.** Dessin au crayon de couleurs, *signé.*

DOWNMAN (d'après)

239. **Child with Doll** *(L'Enfant à la poupée).* Gravé par J. Payrau. In-fol. Superbe épreuve sur *parchemin, imprimée en couleurs, avec remarque et signée.*

240. — **Lady Betty Foster.** Gravé par Eug. Tilly. In-fol. ovale. Superbe épreuve sur *parchemin, imprimée en couleurs,* et signée.

241. — **Miss Chambers.** Gravé par Léon Salles. In-fol. Superbe épreuve sur *parchemin, imprimée en couleurs,* signée.

242. — **Miss Elphinstone.** Gravé par Abel Jamas. In-fol. Superbe épreuve sur *parchemin, imprimée en couleurs,* signée.

243. — **Georgina, Duchess of Devonshire.** Gravé par Léon Salles. In-fol. Superbe épreuve sur *parchemin imprimée en couleurs,* signée.

244. — **Miss Fergusson**. Gravé par J. Payrau. In-fol. Superbe épreuve sur *parchemin*, *imprimée en couleurs*, avec remarque.

245. — **Lady Hamilton**. Gravé par Léon Salles. In-fol. Superbe épreuve sur *parchemin*, *imprimée en couleurs*, signée.

246. — **Emma, lady Hamilton**. Gravé par Abel Jamas. In-fol. Superbe épreuve sur *parchemin*, *imprimée en couleurs* et signée.

247. — **Mrs Margarita Wale**. Gravé par Chiessa. In-fol. Superbe épreuve sur *parchemin*, *imprimée en couleurs*, signée.

248. — **Mrs Payne**. Gravé par J. Payrau. In-fol. Superbe épreuve sur *parchemin*, *imprimée en couleurs*, avec remarque et signée.

249. — **Mrs Trevanion**. Gravé par A. Delzers. In-fol. Superbe épreuve sur *parchemin*, *imprimée en couleurs* et signée.

250 — **Miss Whitmore**. Gravé par Carles Dupont. In-fol. Superbe épreuve *sur parchemin*, *imprimée en couleurs*, signée.

DREVET (Claude)

251. **Sinzendorf** (Ph.-L., Cte de). Homme d'Etat allemand. D'après H. Rigaud, 1728. Gr. in-fol. (R. D. 15).

Très belle et rare épreuve du **3e état**, avec la faute « *Parisis* » corrigée ensuite en « *Parisiis* ».

252 — **Vintimille** (Ch. G. G. de), Archevêque de Paris. D'après H. Rigaud. Gr. in-fol. (R. D. 14).

Très belle épreuve du **1er état**, *avant les contretailles obliques faites à la bordure gauche près du cordon à glands*.

DREVET (Pierre)

253. **Louis Dauphin de France.** D'après Rigaud. Gr. in-fol. (R. D. 56).

Belle épreuve, *avant l'adresse de Bligny.*

254.— **Maine** (Louis-Auguste de Bourbon, Prince de Dombes, duc de). Debout, vu à mi-jambes ; au fond une bataille. D'après De Troy. Gr. in-fol. (R. D. 62).

Très belle épreuve de ce beau portrait.

255. — **Condé** (Louis-Henri de Bourbon, Prince). D'après Gober. Gr. in-fol. (R. D. 67).

Très belle épreuve.

256. — **Nemours** (Marie d'Orléans, D^{sse} de), Souveraine de Neufchâtel et Vallangin. D'après H. Rigaud, 1707. Gr. in-fol. (R. D. 115).

Très belle épreuve avec marges.

257. — **Boileau Despréaux** (Nic.). D'après H. Rigaud, 1706. (R. D. 24). — **Girardon** (François). Sculpteur et Architecte. D'après Vivien. (R. D. 69). Deux portraits. In-fol.

Très belles épreuves.

258. — **Forest** (Jean). Peintre. D'après Largillière (R. D. 49). — **Rigaud** (H.). D'après lui-même. Tenant une palette (R. D. 111). *Épr. du 2e état, avant le changement d'inscription et avec la date de MDCC.* — **Rigaud** (H.). D'après lui-même. Tenant un porte-crayon, 1721. — Trois pièces. In-fol.

Très belles épreuves.

DREVET (P.-J.)

259. **Samuel Bernard**, fameux financier, en pied, assis. D'après H. Rigaud, 1729. Gr. in-fol.

Belle épreuve du *2e état,* avant les mots « *Conseiller d'État* ».

260. — **Bossuet** (J.-B.). Évêque de Meaux. En pied. D'après H. Rigaud, 1723. Gr. in-fol. (R. D. 12).

Très belle épreuve *avec 5 points*, dont 4 ont été grattés.

Voir la reproduction.

261. — **Lecouvreur** (Adrienne). Célèbre actrice, dans le rôle de Cornélie. D'après Ch. Coypel. In-fol. (R. D. 24).

Belle épreuve.

262. — **Cisternay du Fay** (Ch.-J. de). D'après H. Rigaud. (R. D. 13). Charmant petit portrait. — **Tressan** (L. de La Vergne de). Comte de Lyon. Archevêque de Rouen. D'après Vanloo. (R. D. 31). — Deux pièces.

Belles épreuves.

263. — **Mailly** (Fr. de). Cardinal Archevêque de Reims. D'après Vanloo (R. D. 26). — **Pucelle** (René). D'après H. Rigaud, 1739 (R. D. 29). — Deux portraits. In-fol. Belles épreuves.

DROUAIS (d'après)

264. **Louis-Stanislas-Xavier de France, Monsieur. — Marie-Jos^ne^-Louise de Savoye, Madame.** — Deux portraits (Comte et Comtesse de Provence), gravés par Haines. *A Paris, chez l'Auteur*. In-4, à la manière noire.

Belles épreuves ; le portrait du Comte de Provence est *avant la lettre.*

DUCLOS (A.-J.)

265. **La Reine annonçant à Mme de Bellegarde, des Juges, et la liberté de son mari. en mars 1777.** Composé et dess. au pastel en 1778 par le Sr Desfossés. Gravé à Paris en 1779 par A.-J. Duclos, sous la direction du Sr Basan. In-fol. en l.

Très belle épreuve.

DUFLOS (Cl.)

266. **Bérain** (Jean). Dessinateur du Cabinet de Louis XIV. D'après J. Vivien, 1709. In-fol.

Très belle épreuve.

267. — **Le même portrait.** In-fol.

Très belle épreuve **avant toute lettre.** *Très rare.*

268. — **Gaudart** (J.-J.), Sr du Petit-Marest. D'après Largillière. — **Le Tellier** (Ch.-M.), Archevêque de Reims. D'après Mignard. 1705. — Deux portraits, in-fol.

Belles épreuves, la 2e en état *avant l'inscription sur la tablette.*

DUPONCHELLE

269. **Marie-Antoinette**, archiduc[e] d'Autriche, sœur de l'Emper[r], Reine de France. *A Paris, chés Esnauls et Rapilly.* In-fol.

Très belle épreuve *imprimée en sanguine,* et *à toutes marges.*

DUPUIS (Ch.)

270. **Betzky** (Jean de). Lieutenant-g[al] des Armées, Chambellan de S. M. Impériale de toutes les Russies, etc. Figure entière, assis dans sa Bibliothèque, tenant le portrait de la P[sse] Troubetzkoy. D'après Roslin. Gr. in-fol.

Belle épreuve du **1er Etat.** avec « *Betzkqy* » au lieu de *Betzky.*

DUPUIS (N.)

271. **Pierre Gregorievitz Czerniohew,** Comte de l'Empire de Russie... A mi-genoux, assis. D'après Roslin, 1765. In-fol.

Très belle épreuve.

DURMER (F.-V.)

272. **Charles**, *Archiduc d'Autriche*. A cheval, suivi de son Etat-Major. D'après Von G. Kininger, 1797. In-fol. en larg., au pointillé. — Deux épreuves, dont l'une, **avant la lettre,** *noms des artistes à la pointe*.

EDELINCK (G.)

273. **Berbier du Metz** (Gédéon). D'après H. Rigaud. In-fol. (R. D. 190).

Belle épreuve.

274. — **Le même portrait**. In-fol. (R. D. 190).

Très belle épr. du **2e état,** *avant le nom du personnage*. Rare.

275. — **Silvestre** (Israël). Dessinateur et graveur. Avec au bas, la *Vue du Pont Neuf*. D'après C. Le Brun In-fol. (R. D. 319).

Belle épreuve.

276. — **Espernon** (A.-L.-Ch. de Foix de la Valette d'). Carmélite. D'après Beauxbrun (R. D. 195). — **Le Tellier** (Michel). A mi-genoux, assis. D'après Ferd. Voët (R. D. 244). — **Pinette** (Nic.). (R. D. 297). — Trois portraits.

Belles épreuves.

EISEN (d'après Ch.)

277. **Académie Royale de Chirurgie de Paris,** 1751. Gravé par P.-F. Tardieu. Petit in-4. Deux épreuves, dont l'une à **l'état d'eau-forte pure.**

278. — **L'Accord de Mariage**. Gravé par R. Gaillard. *A Paris, chez l'Auteur*. In-fol.

Belle épreuve ; petite marge.

279. — **L'Amour Européen.** Gravé par F. Basan. *A Paris, chés Basan.* In-fol.

Très belle épreuve à grandes marges.

280. — **Le Bal Champêtre ;**
Les Amusements Champêtres ;
Les Plaisirs Champêtres.
Trois pièces faisant pendants, gravées par N. de Longueil. *A Paris, chez Daumont.* In-4 en larg.

Très belles épreuves avec marges.

281. — **Le Bouquet bien reçue.** Gravé par R. Gaillard. *A Paris, chez l'Auteur.* In-fol.

Très belle épreuve *à toutes marges.*

282. — **Concert Méchanique** *inventé par R. Richard exposé à la Bibliotèq. du Roi, 1769.* Gravé par de Longueil, 1769. Dédié, avec armoiries gravées à Mgr le Cte de Saint-Florentin. In-4.

Belle épreuve. Marges.

ENGELBRECHT (Mart.)

283. **La Chasse au Cerf.** *Mart. Engelbrecht, excud. A. V.* Suite de sept pièces gravées et *coloriées* ; in-4 en l.

Curieuse suite de 7 planches découpées, et destinées à former un panorama.

ESTAMPES HISTORIQUES

283 *bis.* **Le Tombeau du tres chrestien**... et incomparable Prince Henry le Grand, d'éternelle mémoire, Roy de France et de Navarre. *Gravé par Halbeek, d'après P. Dubois, 1610.* — **L'Œil du Dieu** regarde la France. *A Paris, Jaspar Isac fecit et excud.* — **Le Dépost** de la Régence du Royaume de France faict par la Reyne Mère Régente entre les mains de la Reyne de Paix, mère de Dieu. *Gravé par Cl. Mellan.* — **Anne d'Au-**

triche, le jeune roi Louis XIV et son frère, Philippe d'Orléans. Au fond la bataille de Rocroy. *Grav. anonyme.* — **Veue de la Place des Victoires** ou M^r^ le M^al^ Duc de La Feuillade a dressé un monument public à la gloire de Louis le Grand. *A Paris, chez J.-B. Nolin, 1687. Deux états différents*, etc — Sept pièces anciennes. In-fol. Belles épreuves.

ÉVENTAILS (Feuilles d')

284. **Les Adieux des enfants de Tippo Sahib.** Éventail du xviiie siècle, gravé et *colorié.*

285. — **Eventail gravé par F. Bartolozzi**, 1779 (Arabesques et médaillons avec amours). In-fol., *à l'aquatinte en bistre.*

286. — **La Mort de Daviz et Velarde à Madrid**. 1809. *Pub. by Behrmann and Collmann, London, 1813.* Eventail in-fol., à l'aquatinte.

FESSARD (Et.)

287. **Bourgevin de Montigny de Vialart** (Marie-Elisabeth-Jean-Baptiste Guyard, épouse de Messire Ch. P. de). D'après F. Martin. In-fol.

Très belle épreuve. Rare.

FICQUET

288. **Maintenon** (Fr. d'Aubigne, M^ise^ de). D'après Mignard, 1759 — **Molière** (Poquelin de). D'après Coypel. Deux épreuves, *dont une épreuve* **d'état,** *avant les contre-tailles aux masques et les noms des artistes à la pointe.* — Trois pièces. In-8.

Belles épreuves ; les 2 portraits de Molière, sont à toutes marges.

FIESINGER (J. G.)

289. **Mirabeau** (H. G.). D'après J. Guérin. *Publ. London febr. 10. 1793 by Fiesinger.* In-fol., au pointillé.

Très belle épreuve *imprimée en deux tons* : la figure *en bistre* et l'encadrement *en vert*. Grandes marges.

FLAMEN (A.)

290. **Le Janssenisme foudroyé**. Gr. in-fol. en larg.

Pièce anonyme, rare. — Belle épreuve.

FRAGONARD (H.)

291. **Bacchanales**. — Deux pièces. Eaux-fortes originales ; in-4 en larg.

Belles épreuves.

292. — **La Bonne Mère**. Gravé par N. de Launay. Dédié, avec armoiries gravées, à M. Ménage de Pressigny. *A Paris, chez l'Auteur, A. P. D. R.* Gr. in-fol.

Très belle épreuve. Petite restauration.

293. — **La Bonne Mère**. Gravé par Audebert. Petit in-fol.

Belle épreuve **imprimée en couleurs**. Encadrée.

294. — **Le Boudoir**. Gravé par Marchand. In-fol.

Belle épreuve d'une pièce rare.

295. — **La Déclaration ;**
Le Serment.
Deux pièces faisant pendants, gravées par Bervick. Gr. in-fol.

Belles épreuves avec marges. Encadrées.

296. — **Le Serment d'Amour**. Gravé par J. Mathieu. *A Paris, chez l'Auteur*. Gr. in-fol.

Très belle épreuve à grandes marges.

FRAGONARD et Mlle GÉRARD (d'après)

297. **L'Enfant chéri;**
Le Premier pas de l'enfance.
Deux pièces faisant pendants. Gravées par G. Vidal. *A Paris, chez l'Auteur*. Gr. in-fol. en larg.

Très belles épreuves.

FREUDEBERG (d'après S.)

298. **La Félicité Bourgeoise;**
La Gaieté Conjugale.
Deux pièces faisant pendants; gravées par N. de Launay et J.-L. Delignon. Dédiées, avec armoiries gravées, à Mr de Bourgogne de Menneville et à M. le Mis de St-Marc. *A Paris, chez De Launay*. *A. P. D. R.* In-fol. en larg.

299. — **La Propreté villageoise.** *A Paris, chez Ostervald l'aîné*. Petit in-fol.

Belle épreuve **imprimée en couleurs**. Encadrée, cadre ancien.

300. — **Le Retour des Champs**. In-4.

Belle épreuve *imprimée en couleurs*, mais remmargée dans la partie gauche. Encadrée.

301. — **Le Retour du soldat suisse**. Gravé par Lory ? In-4 en larg., au lavis.

Belle épreuve *coloriée*, montée sur glomis ancien.

GANTREL (E.)

302. **Louis XIV**. Portrait équestre, avec la vue des Tuileries et l'entrée du Roi, au fond, et au bas : Sonnet sur le Portrait du Roy. *A Paris, rue St-Jacques, à l'Image Sainct Maur*. Gr. in-fol.

Très belle épreuve.

GAILLARD (R.)

303. **Castanier** (François). Célèbre Banquier. D'après H Rigaud. — **Beaumont** (Christophe de). Archevêque de Paris. D'après J. Chevallier. — Deux portraits in-fol. Belles épreuves.

GARNERAY et DENAVELLE (d'après)

304. **La Folle Journée ou le Mariage de Figaro.** Trois pièces gravées par Mauclcr et Béginot. In-4, médaillons ronds, au lavis de couleurs.

Très belles épreuves **imprimées en couleurs**, sans marges. Encadrées.

GARNIER (d'après M.)

305. **Passage du Ruisseau.** Gravé par Petit. *A Paris, chez le Cn Jean.* Gr. in-fol.

Très belle épreuves. Marges.

GAUTIER

306. **Antoine Dubois.** Professeur de Médecine de Paris. D'après Boilly. — **Forlenze** (J. M. A.). Docteur chirurgien-oculiste. D'après Vallin. Deux épreuves, *dont l'une* **avant toute lettre.**— Ens. Trois pièces. In-4, au lavis de couleurs.

Très belles épreuves **imprimées en couleurs.**

GAUTIER-D'AGOTY (L.)

307. **L'Enfant prodigue.** D'après Guercino d'Acento. In-fol., à la manière noire en couleurs.

Belle épreuve **imprimée en couleurs.**

308. — **Bethsabée au Bain.** Gr. in-fol., à la manière noire.

Belle épreuve **imprimée en couleurs.**

N° 165 du Catalogue.

N° 503 du Catalogue.

N° 194 du Catalogue.

N° 200 du Catalogue.

N° 345 du Catalogue.

N° 448 du Catalogue.

GAUTIER D'AGOTY fils aîné

309. **Maupeou** (R. N. C. A. de). Chancelier de France et Garde des Sceaux. In-fol., à la manière noire.

Belle épreuve **imprimée en couleurs**. Encadrée.

GAUTIER D'AGOTY (Ed.), LASINIO

310. **Henri IV**. D'après Rubens. — **Louis XIIII**. — **Louis IX Dauphin.** D'après Roslin. — **Antonio d[tto] il Veneziano.** — Quatre portraits. In-4, à la manière noire.

Très belles épreuves, dont une **imprimée en couleurs.**

GODEFROY (A.)

311. **Le Premier pas d'un jeune Officier Cosaque au Palais-Royal**. *A Paris, chez Martinet*. In-4 en larg.

Très belle épreuve *coloriée*, à toutes marges.

312. — **Madame Royale**, **duchesse d'Angoulême**, en costume de Cour. D'après A. Garnerey. *A Paris, chez l'Auteur*. Petit in-fol.

Très belle épreuve **imprimée en couleurs.**

GRATELOUP (J. B. de)

313. **Dryden** (J[n]). D'après Kneller. In-8.

Très belle épreuve *sur chine*.

314. — **Fénelon**. D'après Vivien. In-8.

Très belle épreuve du **1er état**, *avant la lettre*.

315. — **Montesquieu**. D'après Dassier. In-8.

Très belle épreuve.

GREUZE (d'après J.-B.)

316. **L'Enfant Gâté**. Gravé par Maleuvre, sous la direction de J.-P. Lebas. *A Paris, chez Alibert*. In-fol.

Belle épreuve avec marge.

317. — **La Jeune Nourice ;**
La Fleuriste.
Deux pièces gravées par F.-A. Moitte. *A Paris, chez Esnauts et Rapilly*. In-4.

Belles épreuves.

318. — **La Privation sensible**. Gravé par J.-B. Simonet, 1780. Dédié, avec armoiries gravées, à M. Le Fevre de Caumartin. *A Paris, chez l'Auteur*. In-fol.

Belle épreuve, grandes marges.

319. — **La Vertu chancelante**. Gravé par J. Massard. Gr. in-fol.

Très belle épreuve **avant la lettre**, *nom des artistes à la pointe*. Petites marges.

320. — **La Voluptueuse**. Gravé par R. Gaillard. In-fol.

Très belle épreuve, remargée et encadrée.

GUYOT

321. **A View of the Lodge of Lord Wm Gordon.** D'après L. Belanger le Romain. *London, 1791*. In-4 en médaillon.

Très belle épreuve **imprimée en couleurs**.

322. — **1re attaque de la Bastille.** D'après Cornu. *A Paris, chez Guyot*. In-4 ovale, en larg.

Très belle épreuve **imprimée en couleurs**. Marges. Encadrée, cadre ancien.

323. — **Carshalton,** *Château de Th. Henri Broadhead, ecuyer, dans la Province de Surry*. D'après W. Wast. *A Paris, chez Guyot*. In-4 ovale, a l'aquatinte.

Très belle et fraîche épreuve **imprimée en couleurs**. Marges.

324. — **Jardin Elysée**. D'après Le Roi. Petit in-4. Médaillon rond.

Belle épreuve **imprimée en couleurs.** Marges découpées en rond.

325. — **Le Matin**. D'après Hubert-Robert. *A Paris, chez Guyot*. In 4 ovale.

Très belle épreuve **imprimée en couleurs.** Marges.

326. — **Paul et Virginie.** Suite complète de 12 pièces, d'après Dutailly. *A Paris, chez Guyot*. Médaillons ronds. In-4, au lavis de couleurs.

Superbes épreuves **imprimée en couleurs,** tirées deux à la feuille, à toutes marges ou à grandes marges.

327. — **Pavillon chinois** *de la Maison de M. le Duc de Montmorenci.* — **Vue du Kit-Ouk chinois.** — Deux pièces gravées par Guyot, d'après Sergent et Raynep. Petit in-4 en médaillons.

Belles épreuves **imprimées en couleurs;** la 1re avec petite marge découpée en rond ; la 2e avec marges.

328. — **Vue de la Bastille.** D'après Sergent. *A Paris, chez les Campions frères*. Médaillon rond. In-4, au lavis de couleurs.

Belle épreuve **imprimée en couleurs.** Marges. Encadrée.

328 *bis*. — **Vue prise du second pont-levis de la Bastille.** Dessiné et gravé d'après nature, le 21 juillet 1789. In-4 ovale.

Belle épreuve **imprimée en couleurs.** Sans marges.

329. — **Wilton dans Wiltshire, Châtean du Comte de Pembroke**. D'après W. Watte. In-4 ovale, en larg., au lavis de couleurs.

Très belle épreuve **imprimée en couleurs.**

329 *bis*. — **Mirabeau** (H.-G. Riquetti, ci-devant Cte de). *A Paris, chez Basset*. In-4, au lavis de couleurs.

Belle épreuve **imprimée en couleurs.**

GUYOT & ROGER

330. **Place Louis XV**. D'après Sergent. — **Vue de l'Hôtel des Invalides,** *du côté de la Seine*. D'après Testard. Deux pièces rondes.

Belles épreuves **imprimées en couleurs**. Marges découpées en rond.

HODGES (H.-S. Goed)

331. **Suwarow.** D'après G.-J. Kalichen. *London, publ. june 4. 1799 by A. Milne.* Gr. in-fol., à la manière noire.

Très belle épreuve du **1er état,** *avec la lettre ouverte.* Marges.

HOME (d'après R.)

332. **I. Ramsden,** Optician to his Majesty. Gravé par John Jones. *London, publ. Jan. 1. 1791 by MM. Molteno Conalghi and Co.* In-fol., à la manière noire.

Beau portrait. Belle épreuve.

HOPNER (d'après J.)

333. **Love enamoured**. Gravé par Bonnefoy. *A Paris, chez Sombret*. In-fol., au pointillé.

Belle épreuve **imprimée en couleurs.**

HUBERT-ROBERT (d'après)

334. **Colonnade et Jardins du Palais de Médicis.** Gravé par J.-F. Janinet. In-fol., au lavis de couleurs.

Belle épreuve **imprimée en couleurs.** Rognée et encadrée.

335. — **L'Hermite du Colisée ;**
La Prière interrompue ;
Intérieur d'un Cloître de Religieux ;
Intérieur d'un Cloître de Religieuses.
Quatre pièces faisant pendants. Gravées par Descourtis et Morret. In-fol., au lavis de couleurs.

Belles épreuves **imprimées en couleurs**. Grandes marges.

335 *bis*. — **L'Hermite du Colisée ;**
La Prière interrompue.
Deux pièces faisant pendants. Gravées par Descourtis et Morret. *A Paris, chez Descourtis*. In-fol., au lavis de couleurs.

Très belles épreuves **imprimées en couleurs**. Marges.

336. — **Paysages d'Italie.** Deux pièces gravées par Saint Non. In-4 en larg., à l'aquatinte.

Très belles épreuves *imprimées en bistre*.

336 *bis*. — **Villa Sachetti.** Gravé par Janinet. In-fol. en larg., au lavis de couleurs.

Belle épreuve **imprimée en couleurs**. Sans marges. Encadrée.

337. — **Vue prise dans les Jardins de Villa Albani à Rome.** Gravé par Saint-Non. 1768. Petit in-fol. en larg., à l'aquatinte.

Très belle épreuve *imprimée en bistre*. Encadrée.

HUET (d'après J.-B.)

338. **L'Amour prie Vénus ;**
Vénus enflammée par l'Amour.
Deux pièces faisant pendants. Gravées par Bonnet. *A Paris, chez Bonnet*. In-fol., au pointillé.

Très belles épreuves **imprimées en couleurs**. Marges du bas.

339. — **La Bergerie**, Gravé par Bonnel. *A Paris, chez Bonnel*. In-4 en larg., en manière de crayon.

Très belle épreuve *imprimée en* **sanguine**, *avec rehauts de bleu*. Petites marges. Encadrée.

340. — **Le Chat d'Angora et sa famille**. Gravé par Schmitz. *A Paris, chez Chereau*. In-4 en larg.

Deux épreuves, l'une à *l'état* **d'eau-forte pure**, *avant toute lettre*; l'autre à l'état terminé.

341. — **Le Départ du Marché**. Gravé par L. Legrand. *A Paris, chez Bonnet*. N° 972. In-4 en larg.

Très belle épreuve **imprimée en couleurs**. Marges.

342. — **La Feinte Résistance ;**
Le Serpent sous les fleurs.
Deux pièces faisant pendants. Gravées par Patas et Godefroy, 1781. In-4 en larg.

Belles épreuves de ces charmantes pièces ; la 1re remmargée avec soin. — Encadrées.

343. — **Le Jeune Berger ;**
La Jeune Bergère.
Deux pièces faisant pendants. Gravées par Demarteau. N° 514 et 515. *A Paris, chés Demarteau*. In-4 en larg., en manière crayon.

Très belles épreuves *imprimées en trois tons*.

Voir la reproduction.

344. — **Jupiter descend avec toute sa majesté dans le Palais de Sémélé ;**
Thétis écoute Protée qui lui prédit qu'elle aurait un fils plus puissant que son père.
Deux pièces faisant pendants, gravées par L.-M. Bonnet. In-4.

Très belles épreuves **imprimées en couleurs** ; marges. Encadrées.

345. — **Le Lapin Chéri**. Gravé par Pitou. Petit in-4 ovale, en manière de crayon.

Très belle épreuve **imprimée en couleurs**. Petite marge découpée en ovale.

Voir la Reproduction.

346. — **Les Pêcheurs**. Gravé par Jubier. In-fol. en larg., en manière de crayon.

Très belle épreuve *imprimée en deux tons : noir et sanguine.*

347. — **La Petite Attaque ou la petite Bastille**. Gravé par Bonnet. *A Paris, chez Bonnet*. In-4 en l., en manière de crayon.

Très belle épr. **imprimée en couleurs** et avec marges. Encadrée.

348. — **1st Study of animals**. Gravé par Tennob (Bonnet). *London, publ, 1787*. In-4 en larg., en manière de crayon.

Très belle épreuve **imprimée en couleurs**. Marges.

348 *bis*. — **2st Study of animals**. Gravé par Bonnet. In-4 en larg., en manière de crayon.

Belle épreuve *imprimée en couleurs*. Sans marges. Encadrée.

349. — **Vue des Environs de Bezons ;**
Vue des Environs de Sartrouville.

Deux pièces faisant pendants. Gravées par Bonnet. (Nos 429 et 430). In-4 en larg.

Belles épreuves *imprimées en trois tons*. Sans marges.

350. — **Ie et IIe Vues des Environs de Créteil**. Deux pièces gravées par Mle D. B.*** *A Paris, chez Jean*. In-4 en larg.

Belles épreuves à toutes marges.

HUET (J.-B.)

351. **Pastorales.** Deux pièces faisant pendants, gravées à l'eau-forte par J.-B. Huet, 1778. In-4 en larg.

Très belles épreuves *rehaussées en sanguine.* Marges. — Encadrées.

ISABEY (d'après J.-B.)

352. **Mme Dugazon.** Gravé par Monsaldy. In-4 ovale, au pointillé.

Très belle épreuve **imprimée en couleurs.**

353. — **Marie-Louise,** Impératrice des Français, née à Vienne, le 12 déc. 1791. In-4 ovale, au pointillé.

Très belle épreuve **imprimée en couleurs.**

353 *bis.* — **Salle d'Exhibition de J. Isabey à Londres.** Gravé par W. Bennet. *Published by J. Isabey, June 1820.* In-4 en larg., à l'aquatinte.

Très belle épreuve *coloriée,* à *toutes marges.*

JANINET (F.)

354. **Henri IV.** Roi de France et de Navarre. D'après Rubens. *A Paris, chez l'Auteur.* In-fol. ovale, au lavis de couleurs.

Belle épreuve **imprimée en couleurs.**

355. — **Fête villageoise.** D'après Van Ostade, 1779. In-fol. en larg.

Belle épreuve **imprimée en couleurs.** Encadrée, cadre ancien.

356. — **Jeune Bergère tenant des fleurs.** D'après J.-B. Huet. *A Paris, chez Janinet.* In-4 à l'aquatinte.

Belle épreuve *imprimée en bistre.*

357. — **La Noce de Village ;**
Repas des Moissonneurs.
Deux pièces faisant pendants, gravées par F. Janinet en 1774 et 1775, d'après P.-A. Wille. Dédiées, avec armoiries gravées, à Mr le Comte de Beaudouin. *A Paris, chez Le Père et Avaulez.* Gr. in-fol. en larg., au lavis de couleurs.

Très belles épreuves **imprimées en couleurs.** Marges. Petite restauration dans la marge du bas de la 1re pièce.

358. — **Le Repas des Moissonneurs.** D'après Gravelot. *A Paris, chez Janinet.* In-4 en larg., à l'aquatinte.

Belle épreuve *imprimée en bistre.*

359. — *1re Vue du Louvre du côté de St-Germain l'Auxerrois. A Paris, chez Esnauts et Rapilly.* In-fol. ovale, à toutes marges. — *Théâtre Italien,* Petit in-4. Médaillon rond. — Deux pièces.

Belles épreuves **imprimées en couleurs.**

JEAURAT (d'après E.)

360. **La Jeunesse.** Gravé par Lépicié, 1745. *A Paris, chez Lepicié et chez L. Surugue.* In-fol.

Belle épreuve avec marges.

JOLLAIN (d'après)

361. **Le Bain ;**
La Toilette.
Deux pièces faisant pendants. Gravées par L. Bonnet. In-4.

Très belles épreuves **imprimées en couleurs.** Elles ont été remmargées avec soin et encadrées.

JOULLAIN

362 **Mr de Pourceaugnac.** *Act. 1er, Sc. 8.* D'après Ch. Coypel, 1726. *A Paris, chez Surugue.* Petit in-fol. en larg.

Belle épreuve.

JUKES (F.)

363. **Death preaching to a Careless Audience.** D'après Dunthorne. *Publ. oct. 1 1783 by J. Dunthorne J^r.* Gr. in-fol.

Belle épreuve *coloriée.*

JULIEN (d'après S.)

364. **La Vanité.** Gravé par Laur^t Julien. *A Paris, chez l'Auteur.* In-4 ovale, au pointillé.

Très belle épreuve *imprimée en bistre,* à grandes marges.

KAUFFMANN (d'après Angelica)

365. **Artemisia.** Gravé par G. Scorodoomoff. *London, printed for R. Sayer and J. Bennett, 1776.* In-4 ovale, au pointillé.

Très belle épreuve *imprimée en sanguine* et *à toutes marges.*

366. — **Lucrèce** (jeune femme, vue à mi-corps, les seins découverts, dormant). Gravé par W. Dickinson. *London, publ. jan. 1. 1780, by Watson and Dickinson.* In-4 ovale, en larg., au pointillé.

Jolie pièce. — Très belle épreuve à grandes marges.

366 *bis.* — **Scène Mythologique.** (Jeunes femmes tressant des fleurs pour couronner le buste de Mercure). Gravé par R. Marcuard. *London, pub. May 9. 1785, by I. Buchal.* Petit in-fol. ovale, au pointillé.

Belle épreuve.

KLAUBER (J. S.), LAUNAY (N. de)

367. **Allegrain** (Chr. Gab.). D'après Duplessis, 1787. — **Le Clerc** (Séb.). D'après Nonnotte. 1789. — Deux portraits. In-fol.

Très belles épreuves **avant la lettre.**

LAGNIET

368. **Maistre Aliboron,** *nouvellement venu de Pantagosse vend toutes sortes d'allumelles...* Pièce satyrique sur les Alchimistes, les preneurs de tabac, etc. *A Paris, chez Jacques Lagnet.* In-fol. en larg.

Belle épreuve.

LA LIVE DE JULLY (A. L. de)

Graveur à l'eau forte amateur

369. **Choiseul** (Marie-Gabriel, Cte de) et Michel Félix, Chevalier de Choiseul. En pieds, en petits savoyards. D'après Drouais. Petit in-fol., à l'eau forte.

Charmante pièce, *très rare.*

LANCRET (d'après N.)

370. **L'Enfance ;**
L'Adolescence.
Deux pièces faisant pendants. Gravées par N. De Larmessin. *A Paris, chez N. de Larmessin. A. P. D. R.* In-fol. en larg.

Belles épreuves.

371. — **Le Jeu de Pied de beuf** *(sic).* Gravé par De Larmessin. *A Paris, chez De Larmessin. A. P. D. R.* In-fol. en larg.

Très belle épreuve. Petite marge.

372. — **Le Jeu des Quatre Coins.** Gravé par De Larmessin. *A Paris, chez De Larmessin. A. P. D. R.* In-fol. en l.

Très belle épreuve du *1er tirage, avant l'adresse de Gaillard* et *à toutes marges.*

373. — **Le Maître Galant.** Gravé par J.-P. Le Bas. Dédié, avec armoiries gravées, à Mgr le Comte de Tessin. *A Paris, chez J.-P. Le Bas et chez Petit.* In-fol. en larg.

Très belle épreuve.

374. — **Mlle Camargo**. Gravé par L. Cars. *A Paris, chez l'auteur et chez la Ve Chereau. Avec Privilège du Roi*. Gr. in-fol. en larg.

Très belle épreuve du 1er *tirage, avant l'adresse de Surugue*, et avec marges.

Voir la reproduction.

375. — **La Musique champêtre.** Gravé par S. Fessard, 1758. Dédié, avec armoiries gravées, à M. Crozat, Bon de Thiers. *A Paris, chés Joullain*. In-fol.

Belle épreuve. Encadrée.

376. — **Trop indolent Tircis,...** Gravé par S. Silvestre. *A Paris, chez F. Chereau*. In-fol.

Belle épreuve avec marges.

LANDRY (P.)

377. **Brulart** (Nicolas). Premier Président à Dijon. D'après J. Dieu, 1662. — **Brulart** (Florimond), Mis de Genlis. D'après S. Gribelin, 1663. — **Lescuyer** (Fr.). D'après S. Gribelin, 1663. — **Rouillé** (P.). Sr du Coudray. Intendant de Picardie et de Poitou, 1673. — **Vavasseur** (Jérôme). Prieur de l'ordre des Carmes déchaussés, 1669. — Cinq portraits. Belles épreuves. Rares.

LARMESSIN (N. de)

378. **Coustou** (Guill.). D'après J. de Lien, 1730. — **Mayeur** (Pierre), abbé de Clairvaux. D'après M. Loir. — **Louis Quinze**, Roy de France et de Navarre. A cheval. D'après Parrocel et Vanloo. — Trois portraits. In-fol. et gr. in-fol.

LASINIO (C.)

378 *bis*. **Giorgio III**, Re d'Inghilterra, — **Francesco II**, Imperatore, Re d'Ungheria e di Boennia, Arciduca d'Austria. — Deux portraits, d'après Livesey et Muller. In-4 ovales, au pointillé.

Belles épreuves **imprimées en conleurs.** Marges.

LASNE (Michel), HURET (G.)

379. **Broussel** (Pierre de). 1648. — **Chevalier** (Nic.). 1621. — **Harlay** (Fr. de). Archevêque de Rouen. D'après Du Moustier, 1625. — **Laffemas** (Isaac de). 1639. — **La Rochefoucauld** (Fr. de). Cardinal. D'après Du Moustier. — **Loménie** (Ant. de). D'après Ferdinand. 1637. — **Marillac** (Michel de). — **Marquemont** (D.-S. de). Archevêque de Lyon. 1626. — **Mesmes** (Henri de) de Roissy. — **Paget** (J.). Intendant de Champagne, 1658 *(Avant la lettre)*. — **Puget de la Serre** (J.). D'après Van Dyck. — **Quesnel** (Fr.). D'après lui-même. 1616. — **Sponde** (H. de). Evêque de Pamiers. — **Toiras** (J. de St-Bonnet de). 1632. — **Madeleine de St-Joseph.** Carmélite. — **Marie-Madeleine des Ursins.** — **La Rochefoucauld** (Fr. de). Evêque de Senlis. *(Avant la lettre)*. — Dix-sept portraits. In-fol. et in-4. Belles épreuves.

LAWREINCE (d'après N.)

380. **L'Assemblée au Concert;**
L'Assemblée au Salon.

Deux pièces faisant pendants, gravées par Dequevauviller. Dédiées, avec armoiries gravées, à Mlle de Condé, et à M^{r} le Duc de Luynes et de Chevreuse. *A Paris, chez Dequevauviller.* Gr. in-fol. en larg.

Très belles épreuves avec marges.

Voir la reproduction.

381. — **Le Billet Doux.** Gravé par N. de Launay. Dédié, avec armoiries gravées, à Mr Menage de Pressigny. *A Paris, chez De Launay.* In-fol.

Belle épreuve d'un tirage postérieur, sans le Privilège.

382. — **Le Lever des Ouvrières en modes;**
Le Coucher des Ouvrières en modes.

Deux pièces faisant pendants, gravées par F. Dequevauviller. In-fol. en larg.

Très belles épreuves remmargées avec soin; Encadrées.

383. — **Qu'en dit l'Abbé ?** Gravé par N. De Launay. In-fol.

Belle épreuve **avec la lettre ouverte** *et avant la dédicace ;* a subi quelques petites restaurations. — Encadrée.

LAWRENCE (d'après Sir Th.)

384. **The Marquis of Douglas and the Lady Susan Hamilton.** Gravé par Lewis. *London, publ. 1830.* In-fol., au pointillé.

Très belle épreuve *légèrement rehaussée en couleurs.* Encadrée.

385. — **The Portraits of Lady Bagot, of the Viscountess Burghersg and Lady Fitzroy Somerset.** Gravé par J. Thompson. *London, publ. 1827.* Gr. in fol., au pointillé.

Très belle épreuve *légèrement rehaussée en couleurs.* Encadrée.

386. — **Miss Bloxam** (ensuite Lady Lonsdale). Gravé par Lewis. Gr. in-fol., au pointillé.

Très belle épreuve **avant la lettre,** *sur chine monté et légèrement rehaussée.* Encadrée.

387. — **Mrs Wolff.** Gravé par S. Cousins. *London, publ. 1831 by Conalghi.* In-fol., à la manière noire.

Très belle épreuve de cette jolie pièce. Marges.
Voir la reproduction.

LE BARBIER (d'après)

388. **Le Mari dupé et content ;**
La Prudence en défaut.
Deux pièces faisant pendants, gravées par Patas. *A Paris, chez M. Ponce.* In-fol. en larg.

Très belles épreuves. Marges.

LE BAS (J. Ph.), LÉPICIÉ (B.)

389. **Cazes** (P. J.). Peintre. D'après Aved. 1741. — **Bertin** (Nic.). Peintre. D'après De Lien, 1740.— **Dufresne** (Catherine de Seine, épouse du s[r]). Actrice. D'après Aved. — Trois portraits. In-fol. Belles épreuves.

LE BEAU

390. **L'Intrigue découverte.** Petit in-fol.

Belle épreuve. Marges de cuivre.

LE BEI (d'après E.)

391. **Le Coup de Vent ;**
La Voilà prise.
Deux pièces faisant pendants, gravées par A. Girardet et Niquet, 1785 et 1814. In-fol.

Très belles épreuves. Marges.

LE CAMPION (J. A.)

392. **Paris et la Province**, *ou choix des plus beaux Monumens d'Architecture, anciens et modernes en France ;* dess. par Testard et gravé en couleurs par J. A Le Campion. 1er quartier : La Cité. *Paris, 1786.* — **Première Livraison,** in-4 ; couverture, texte et 6 planches **imprimées en couleurs.**

Rare.

LE CAMPION, ROGER

392 *bis. Vue du Palais de Justice. — Vue de l'extérieur (et de l'intérieur) des Enfans trouvés. — Hôtel de Créquy. — Vue du Palais Royal. — Place Dauphine. — Place des Victoires. — Le Louvre,* etc. — Dix pièces de forme ronde ou ovale.

Belles épreuves **imprimées en couleurs**, dont 5 sans marges.

LE GENDRE (d'après)

393. **La Jeune Sultane**. Gravé par Chevillet. In-fol.

Belle épreuve.

LE GRAND (A.)

394. **Nymphs Sporting ;**
Diana and her Nymphs,
Deux pièces faisant pendants. D'après Amiconi. *London, publ. september 1785.* In-fol. en larg., au pointillé.

Très belles épr. *imprimées en sanguine* ; la 2e **avant la lettre**. Grandes marges. Encadrées.

395. **La Rose naissante**. D'après Rousseau. *A Paris, chez Ch. Bance.* In-fol. en larg., au pointillé.

Belle épr. **imprimée en couleurs**.

LE GRAND (P. F.)

395 *bis*. **Fleurs cultivées**. Dess. et gravé par P.F. Legrand. In-fol., au pointillé et lavis.

Belle épreuve *rehaussée en couleurs*.

LE MIRE

396. **Les Vivandières ;**
Les Négociants du Levant ;
Les Français à la découverte ;
Matelot hollandais ;
La Promenade ;
L'Heureuse rencontre.
Suite complète de six pièces. *A Paris, chez Crépy.* In-4 en l.

Très belles épreuves *à toutes marges*.

N° 374 du Catalogue

N° 380 du Catalogue

N° 187 du Catalogue.

N° [illegible] du Catalogue

N° [illegible] du Catalogue

LENFANT (Jean)

397. **Auvergne** (Jacques d'). Professeur d'Arabe, 1669. - **Coislin** (P.-A. du Camboul de). Evêque d'Orléans, 1661 *(Avant la lettre)*. — **Du Tillet** (Fr.), 1663. — **Le Masle** (Michel). D'après C. Le Febvre, 1660. — **Lescot.** Chanoine de N.-D. de Paris, 1654. *(Avant la lettre)*. — **Manessier** (Ch.). Procureur à Abbeville, 1655. — **Seve de Rochechouart** (Guy). D'après Dieu, 1663. — **Benichère de la Corbière** (Cl. de la), abbé de N.-D. de Valence, 1636. *(Avant la lettre)*. — Huit portraits. In-fol. Belles épreuves.

LE PRINCE (d'après J.-B.)

398. **Femme russe,** *assise sur un tabouret, devant une table, un livre à la main.* Gravé par Bonnet. In-fol., à la manière de crayon.

Très belle epreuve *imprimée en deux tons : noir et sanguine.*

398 *bis*. — **Le Marchand de Lunettes.** Gravé par Helman, 1776. Dédié, avec armoiries gravées, à S. A. S. Mgr le Duc de Chartres. *A Paris, chés l'Auteur*. In-fol.

Très belle épreuve.

399. — **Femme russe, assise.** *A Paris, chez Bonnel,* n° 89. In-4, en manière de crayon.

Belle épreuve *imprimée en sanguine.* Marges.

LE PRINCE (J.-B.)

400. **La Cascade. — La Cuisine d'Été. — Les Filets. — Vue des Environs de Nerva.** — Quatre pièces. In-4 en larg., à l'aquatinte.

Belles épreuves *imprimées en bistre.* Marges.

400 *bis*. — **La Danse Russe ;**
La Récréation champêtre.
Deux pièces faisant pendants, 1769. In-fol., à l'aquatinte.

Belles épreuves *imprimées en bistre.* Marges.

401. — **Le Joueur de Balalaye. — L'Odorat. — L'Ouïe. — Les Pleureuses. — Le Paysan**, etc. — Six pièces. In-4 et in 8, à l'aquatinte.

Belles épreuves *imprimées en bistre.*

401 *bis*. — **Les Laveuses ;**
Les Pêcheurs.
Deux pièces faisant pendants. 1771. In-fol., à l'aquatinte.

Superbes épreuves *imprimées en bistre* et à *toutes marges.*

402. — **La Musicienne.** 1768. In-4, à l'aquatinte.

Très belle épreuve *imprimée en bistre.* Marges.

402 *bis*. — **La Nourrice ;**
Le Poële.
Deux pièces. In-4 en larg., à l'aquatinte.

Belles épreuves *imprimées en bistre.*

403. — **Ire (et IIe) Pastorale.** 1769. Deux pièces faisant pendants. In-fol. en larg., à l'aquatinte.

Belles épreuves *imprimées en bistre.* Grandes marges

LE SUEUR (d'après E.)

404. **The Imprudence of Candaules King of Lydia.** Gravé par J. Strutt. *London, publ. June I. 1787, by J. Thane.* In-fol. ovale, au pointillé.

Superbe épreuve **imprimée en couleurs.** Grandes marges.

LE SUEUR

405. **Vue d'une laiterie, près St-Maur-les-Paris ; Vue d'une Ruine, près St-Maur-les-Paris.** Deux pièces faisant pendants, gravées par Mlle Le Roy. In-fol. en larg., en manière de crayon.

Belles épreuves *rehaussées en sanguine*. Encadrées.

LEVACHEZ

406. **Bonaparte, Premier Consul de la République Française.** Revue du Quintidi. Portrait d'après Boilly ; avec scène au bas, gravé à l'eau-forte par Duplessis-Bertaux. *A Paris, chez Aubert, an X.* In-fol., au lavis de couleurs.

Très belle épreuve **imprimée en couleurs**, de ce beau portrait rare. Marges.

Voir la Reproduction.

407. — **Napoléon Premier**, *Empereur des Français, Roi d'Italie et Protecteur de la Confédération du Rhin.* D'après Carle Vernet. *A Paris, chez Aubert.* Très gr. in-fol., au lavis de couleurs.

Superbe épreuve **imp[illegible]e en couleurs**, d'un des plus beaux portraits de Na[illegible]. Il est représenté à cheval suivi de son état-maj[illegible].

408. — **Napoléon au Retour de l'Ile d'Elbe.** Portrait équestre. D'après C. Vernet. *A Londres, chez Palmer.* In-fol., à l'aquatinte.

Très belle épreuve **imprimée en couleurs**. Marges.

LINGÉE (Ch.-L. et Mme Th.-E.)

408 *bis*. **Jarente d'Orgeval** (L.-F.-A. de). Evêque d'Olba. D'après C.-N. Cochin. — **Le Tourneur** (P.). D'après Pujos, 1788. *(Épreuve avant la lettre).* — **De Sedans** *(Épreuve imprimée en couleurs).* — Trois portraits. In-4 et in-fol. Belles épreuves.

LŒILLOT

409. **Diligence Française.** *Chez Gihaut, à Paris. Litho. de C. Motte.* Lithographie gr. in-fol. en larg.

Belle épreuve *coloriée.*

409 *bis.* — **Malle-poste anglaise.** *Chez Gihaut ff., éditeurs*, Lithographie in-4 en larg.

Belle épreuve *coloriée.*

LOMBART (L. et P.)

410. **Vertamont** (Catherine Magdelaine de), veufve de Mre L. Fr. Le Fèvre de Caumartin. — **La Mouche** (P. de). Echevin de Paris. D'après A. Dieu. — Deux portraits in-fol.

Belles épreuves. Le 1er est gravé à la *manière noire.*

LOUIS XVI, RÉVOLUTION

411. **Monseigneur le Dauphin chassant.** — **Monseigneur le Dauphin labourant.** — Deux pièces dédiées, avec armoiries gravées, à S. A. R. Marie-Antoinette d'Autriche, Dauphine de France. Grav. par Wachsmuht. In-fol. en larg.

Belles épreuves.

412. — **Estampe allégorique relative au mariage de Louis XVI et Marie-Antoinette** (avec leurs portraits en médaillons). Dédié et présenté à Mgr le Dauphin. Gravé par P.-V. Sullin, d'après De Lorge. *A Paris, chez Collot.* In-fol.

Belle pièce.

413. — **Marie-Antoinette présentée par Louis XVI à Henri IV.** Estampe allégorique. Gravée par Louise Massard, d'après Loinville. In-fol.

Très belle épreuve **avant la lettre**, *nom des artistes à la pointe.*

414. — **Louis XVI, Roi de France et de Navarre,** *représenté dans ses habillements et attributs de la Couronne.* Portrait en pied. Grav. anonyme. In-fol.

Belle épreuve en *coloris ancien.*

415. — **L'Abondance et les Arts,**... *refleurissent enfin...* — **Les Grâces** *sur son front soutiennent la couronne ;* ... — Deux pièces gravées par De Longueil, d'après C. N. Cochin fils, 1776. *A Paris, chez l'Auteur et chez Basan.* In-4.

Jolies pièces allégoriques sur l'avènement au trône de Marie-Antoinette. Belles épreuves.

416. — **L'Abondance et les Arts**... In-4.

Très belle épreuve **avant toute lettre.**

417. — **Les Garants de la Félicité publique. — Les Vœux du Peuple confirmés par la Religion.** — Deux pièces faisant pendants gravées par Née et Masquelier, d'après St-Quentin et Monnet, 1774 1776. Dédiées, avec armoiries gravées, au Roy et à la Reine (Louis XVI et Marie-Antoinette). *A Paris, chez les Auteurs. Avec Privilège du Roi.* In-fol.

Superbes épreuves à toutes marges.

418. — **Les Garants de la Félicité publique.** Gravée par Née et Masquelier, d'après Saint Quentin. In-fol.

Superbe épreuve **avant la lettre,** *noms des artistes à la pointe.* Grandes marges.

419. — **Almanach pour 1783.** Orné des portraits conjugés en médaillons de Louis XVI et Marie-Antoinette, de Marie-Thérèse-Charlotte et du Dauphin, de Louis-Stanislas Xavier, frère du Roi et Marie-Josèphe-Louise de Savoye, Madame, et des Comte et Comtesse d'Artois. Petit in-fol. en larg. *Colorié.*

420. — **Discours du Roi** prononcé le 5 mai 1789, jour où sa Majesté a fait l'ouverture des Etats Généraux. *De l'Imprimerie de Didot l'aîné*. Pièce *imprimée sur soie*, avec encadrement typographique et portraits en médaillons de **Louis XVI et Marie-Antoinette**. In-fol.

Belle pièce. Bel état de conservation.

421. — **La Fayette et la Garde Nationale**. Deux pièces, imageries de l'époque. In-fol. et in-4 en long. *Coloriées*.

Intéressantes pièces donnant les Costumes de la Garde Nationale, avec portraits de La Fayette, commandant en général.

422. — **Pacte fédératif** *à l'instant où M. de La Fayette a prononcé le serment*. — **Arrivée** *de l'Assemblée Nationale au Champ de Mars. Paris, 14 juillet 1790*. — Deux médaillons ronds.

Jolies petites pièces **imprimées en couleurs**.

423. — **The Martyrdom of Louis XVI**, *King of France*. **The Martyrdom of Marie-Antoinette**, *queen of France*. — Deux pièces gravées par Cruikshank. *Pub. 1793 by S. W. Fores*. In-4.

Belles épreuves *coloriées*.

424. — **Assassinat de Michel Le Pelletier**. — **Assassinat de Collot d'Herbois**. — Deux pièces gravées par Marchand, d'après Desrais. In-fol. en larg., à l'aquatinte.

Belles épreuves.

425. — **Egte afbeelding van de Guillôtine te Parys**. — **Le Miroir du Passé** *pour sauvegarde de l'Avenir ou Tableau parlant du gouvernement cadavero-faminocratique de 93, sous la Tigro-cratie de Robespierre et Compagnie*, etc. — Trois pièces curieuses, dont 2 sur la guillotine.

426. — **Déclaration** des Droits de l'Homme et du Citoyen. *A Paris, chez Guyol. Imprimé en couleurs et rehaussé.* — Déclaration des Droits de l'Homme et du Citoyen. *A Paris, chez Esnauls et Rapilly. Colorié.* — Déclaration des Droits de l'Homme et du Citoyen. Dess. et gravé par Niquet le Jeune. *A Paris, chez l'Epine.* Pièce ovale, *coloriée.* — Allégorie sur les secours donnés aux malheureux par les Francs-Maçons pendant l'hiver de 1789. Gravé par Louvion. *Imprimé en noir et sanguine.* — La République. Médaillon rond. *Imprimé en couleurs.* — Calendrier pour la 2e année. Gravé par Couché fils. — Six pièces.

427. — **Caricatures** : Je me suis ruiné pour l'engresser. — Les deux ne font qu'un. — Matière à réflexion pour les jongleurs couronnées. *A Paris, chez Villeneuve.* — Etrennes aux fidelles 1792. Saint-Veto, martir, patron des Emigrands et des réfractaires. — Ecce Veto. Louis Capet, le Charles IX du XVIIIe siècle. *A Paris, chez Villeneuve* — Projet d'un monument élevé à l'honneur de Louis XVI. *Gravé par Sergent, 1790.* — Le Roi Janus, ou l'homme à deux visages. — Ah! le Cruchon. Le Masque levé. — Aide de camp porteur des nouvelles de Varennes au Petit Condé, etc. — Onze pièces gravées à l'eau-forte et à *l'aquatinte (5 coloriées).*

Belles épreuves. Pièces rares.

428. — **Caricatures Révolutionnaires.** — Réunion de vingt-et-une pièces anciennes, gravées et *coloriées.*

Jolies pensées de l'abbé Maury,... — C'est ainsi que l'on punit les traîtres. — V'la un grand pas de fait. — Le tems présent. — Naissance des Aristocrates. — Vive le Roi! Vive la Nation! — Le Noble pas de deux. — Mieux vaut tard que jamais. — Le Souhait accompli. — Il faut espérer que ce jeu là finira bientôt. — Oh bravo, Mesdames, c'est donc votre tour, etc.

429. — **Caricatures Révolutionnaires**. — Réunion de seize pièces, gravées à l'aquatinte pour la plupart, *imprimées en noir, en bistre et coloriées.*

Encore une fois, garre aux faux-pas. — Dernier effort des Jacobins. — Activité constitutionnelle de la municipalité de Paris. — Exécution de la sentence rendue par la milice bourgeoise de Sivrai. — L'Expirante Targinette. — Avis aux Aristocrates. — Honni soit qui mal y voit. — La Pétrification. — La Satisfaction. — Arrière-garde du Pape. — Comité de l'an deuxième. — La Contre-Révolution, etc.

430. — *A cet ardeur de boire, à ce ventre en tonneau, qui ne reconnaîtrait le cadet Mirabeau.* Caricature sur G. Riquetti, Vte de Mirabeau, dit *Mirabeau-Tonneau*, en forme de pantin, découpé et articulé. Curieuse pièce de l'époque, gravée et *coloriée.*

431. — **Portraits : Pichegru** (g^al^). Gravé par J. Allart, 1795, d'après C.-H. Hodges. — **Carrier**. Port. ovale, anonyme. *Imprimé en couleurs.* — **Pétion de Villeneuve**. Gravé par Le Campion, d'après Perignon. — **Bailly** (J.-S.). Médaillon rond. *Imp. en bistre et sanguine.* — **Huguenet** (Sulpice). Gravé par Gérard, d'après Mallet. — **Lange** (Ch.-J.). Rédacteur du Telegraphe. Médaillon rond. *Aquatinte.* — **Les Martyrs de la Liberté**. Médaillon rond. Gravé par Copia, d'après Sauvage. — **Les Frères Monneron**. *A Paris, chez le Sr Déjabin.* — *Dans la main de Target...* Caricature. *Coloriée.* — Ensemble Neuf pièces. Belles épreuves.

LOUTHERBOURG (P.-F. de)

432. **L'Agneau chéri**. Gravé par J.-J. Le Veau. Dédié, avec armoiries gravées, à Mr de Loutherbourg. *A Paris, chés Le Veau et chés Le Fort.* In-fol. en larg.

Belle épreuve. Marges du cuivre.

433. — **La Sultane.** Gravé par G. Scoroudoumow. In-4 ovale, au pointillé.

Très belle épreuve *imprimée en sanguine.* Petite marge découpée en ovale.

LUPTON (Th.)

434. **Miss Love as Thalia.** D'après Geo Clint. *London, publ. feb. 1830, by Moon, Boys and Graves.* In-fol. à la manière noire.

Superbe épreuve **avant la lettre,** et à toutes marges, d'une pièce fort gracieuse.

MARTINET

435. **Berger, un peu de patience...**
La Simple Nature...
Deux pièces faisant pendants. *A Paris, chez Martinet.* Petit in-4.

Charmantes petites pièces. Belles épreuves.

436. — **L'Equilibre perdue.** *A Paris, chés Martinet.* In-4.

Belle épreuve.

MARYE

437. **La Réflection.** *Publ. by Chereau and Joubert.* In-4 ovale, au pointillé.

Très belle épreuve **imprimée en couleurs.**

MASSON (A.)

438. **Colbert** (J.-Nic.). Abbé du Bec, Archevêque de Rouen, 1760. In-fol. (R. D. 19).

Belle épreuve.

439. — **Cureau de la Chambre** (Marin). Médecin et littérateur. D'après P. Mignard. 1665. In-fol. (R. D. 24).

Belle épreuve du **3e état** (sur 5) *avant l'adresse* de *Desrochers.*

440. — **Du Puy** (Alex.), Mis de St-André Montbrun. D'après G. de Sève. 1670. In-fol. (R. D. 26).

Belle épreuve d'un **état intermédiaire**, *avec le nom du peintre répété une fois plus bas, très légèrement tracé.* Le mot « *Ad* » à la suite de « *Masson* » encore visible.

441. — **Marie de Lorraine**, *Duchesse de Guise, Princesse de Joinville.* D'après P. Mignard, 1684. In-fol. (R. D. 32). — Deux pièces.

Deux épreuves ; l'une en **3e état**, *avant le lapin* ; l'autre en 5e *état* avec le lapin.
Belles épreuves.

442. — **Harcourt** (Henri de Lorraine, Cte d'), dit le « *Cadet à la Perle* ». D'après Mignard. *A Paris, chez N. de Poilly.* Gr. in-fol. (R. D. 34).

Belle épreuve.

443. — **Harlay** (François de), Archevêque de Paris. Portrait fort comme nature, 1684. Gr. in-fol.

Belle épreuve.

444. — **Patin** (Charles). Médecin. In-fol. (R. D. 60). — Deux épreuves.

Deux épreuves, dont l'une en superbe épreuve du **1er état**, *non décrit, avant les contre-tailles sous la main gauche ;* l'autre, état avec les contre-tailles.

MELLAN (Claude)

445. **Anne d'Autriche** — « *Pour me consoler* ». (Pièce commémorative sur la mort d'Anne d'Autriche). — **Coeffetau** (Nic.). D'après Du Moustier. — **Habert de Montmor** (J.), Mis de Marigny, 1640. — **Nesmond** (Fr. Th. de) — **Richelieu** (Le Grand Armand, Card. duc de). — **Rebé** (Cl. de), Archevêque de Narbonne. — **Séguier** (P.). 1639. — **Villemontée** (Fr. de). Evêque de St-Malo. 1661. — Neuf portraits. In-fol.

Belles épreuves.

MELLINI (C. D.), MOITTE (P. E.), MOLES (P. P.)

446. **Pollinchove** (Ch. Jos. de). A mi-genoux. D'après J. Aved. 1765. — **Chauvelin** (H. Ph.). D'après Roslin.— **Restout** (J.). D'après de La Tour. — **Albe** (duc d'). 1772. *Épr. avant la lettre.* — Quatre portraits. In-fol.

Belles épreuves.

MERCURI (P.)

447. **Maintenon** (Françoise d'Aubigné, M[ise] de). D'après Petitot, 1847. In-8 — Deux pièces.

Charmant petit portrait.

Deux épreuves ; l'une en **1er état**, *avant la lettre et avant l'encadrement ;* l'autre en *2e état,* avec encadrement.

MÉRELLE (d'après)

448. **L'Art de Plaire.** Gravé par Pitou. *A Paris, chez Bonnet.* Petit in-fol. ovale, au pointillé.

Superbe épreuve **imprimée en couleurs.** Marges.

Voir la Reproduction.

MONNET (d'après)

449. **Les Baigneuses surprises ;**
Vénus et Adonis.

Deux pièces gravées par Vidal. In-fol.

Belles épreuves.

450. — **Le Désir Ingénu.** Gravé par De Monchy. Dédié, avec armoiries gravées, à M[r] le Prince de Bouillon. *A Paris, chez l'Auteur.* In-fol. en larg.

Très belle épr. *à toutes marges.*

452. — **Renaud et Armide ;**
Vénus et Adonis.

Deux pièces faisant pendants. Gravées par Vidal. In-fol.

Belles épreuves **avant toute lettre**, et *à l'état découvert.* Petite restauration dans la marge du haut de la 1re pièce.

453. — **Tu fuit** *(sic)* **inutilement ;**
Je t'en suplis *(sic)* **rends le moi.**
Deux pièces faisant pendants. Gravées par Prot. *A Paris, chez Depeuille*. In-fol. ovale, au pointillé.

Très belles épreuves **imprimées en couleurs**. Marges.

MONTPENSIER (A.-Ph. d'Orléans, duc de) et ORLÉANS (F.-Philippe, duc d')

454. **Portraits de Louis-Philippe** (alors duc d'Orléans) **et du Duc de Montpensier,** 1805 ; **Beham,** 1805 ; **Chaucer's Town near Beham,** 1806. Trois lithographies. — **Étude de Chien.** Gravé à l'aquatinte par F.-P. d'Orléans. *Sur Chine*. — Ens. quatre pièces rares. Belles épr.

MOREAU LE JEUNE (d'après J.-M.)

456. **Déclaration de la Grossesse.** Gravé par P.-A. Martini. In-fol.

Très belle épreuve. Marges.

457. — **J'en accepte l'heureux présage.** Gravé par Ph. Trière. In-fol.

Belle épreuve avec marge. Encadrée.

458. — **Les Petits Parrains ;**
L'Accord parfait ;
Les Adieux ;
La Dame du Palais de la Reine.
Quatre pièces, petites réductions des célèbres estampes de Moreau. *A. P. D. R.* In-12 (nos 18, 20, 22 et 24).

Très belles épreuves.

459. — **Exemple d'humanité donné par Madame la Dauphine le 16 Octobre 1773.** Gravé par F. Godefroy. Dédié, avec armoiries gravées, à S. M. Marie-Thérèse. *A Paris, chés l'auteur*. In-4 en larg.

Très belle épreuve de cette jolie pièce.

460. — **La Borde** (J.-B^on^ de), 1er valet de chambre ordinaire du Roi. D'après Denon, 1771. In-4.

Très belle épreuve *à toutes marges.*

MOREL

462. **Madame la C^sse^ de Béthune-Pologne,** *à Glatigny, près Versailles.* D'après Racine. 1788. Gr. in-fol. en larg.

Belle épreuve. Grandes marges.

MORET

463. **Louis d'Assas**, capitaine au Rég^t^ d'Auvergne. D'après P.-E. Gay de Brie. *A Paris, chez Blin.* In-4 ovale, au lavis de couleurs.

Très belle épreuve **imprimée en couleurs.**

MORIN (J.)

464. **Du Verger de Hauranne** (J.). D'après Champaigne (R. D. 82). — **Jansenius** (Corneille). *A Paris, chez ledit Morin. (1er état)* (R. D 61). — **Thou** (Christophe de) (R. D 78). — Trois portraits. In-fol. Belles épreuves.

465. — **Arnauld d'Andilly** (Robert). D'après Ph. Champaigne (R. D. 42). — **Longueil** (René de), Sr de Maisons. D'après Ph. Champaigne (R. D. 65). — Deux portraits. In-fol. Belles épreuves.

466. — **Quid terra cinisque superbis,...** (Tête de mort). D'après P. Champaigne. *A Paris, chés Bason.* In-fol. en larg.

Belle épreuve.

NANTEUIL (R.)

468. **Amelot** (Jacques), Premier Président de la Cour des Aydes. In-fol. (R. D. 19).

Belle épreuve du **1re état** (sur 3), *avec l'écusson sur fond blanc.*

469. — **Anne d'Autriche,** Reine de France et de Navarre. D'après Mignard. 1660. In-fol. (R. D. 22).

Belle épreuve du **2e état** (sur 5), *avant le nombre 15 et avant les éraillures formant deux taches dans la bordure.*

470. — **Charles II.** *Duc de Mantoue et de Montferrat, Nivenois, Rethelois et Mayenne.* In-fol. (R. D. 62).

Très belle épreuve.

471. — **Jeannin** (Pierre). (R. D. 112) *(1er état, sur papier fort).* — **Le Coigneux** (Jacques). D'après Beaubrun. 1654 (R. D. 125). — Deux portraits. Belles épreuves.

472. — **La Meilleraye** (Ch. de la Porte, duc de), pair et mareschal de France. D'après Juste, 1662. In-fol. (R. D. 118).

Très belle épreuve.

Voir la reproduction.

473. — **Le Masle** (Michel) 1661. In-fol. (R. D. 126).

Belle épreuve.

474. — **Le Tellier** (Michel) 1658. In-fol. (R. D. 129).

Très belle épreuve du **1er état,** *avec la date de 1658,* changée ensuite en 1659.

475. — **Mesmes** (J.-A. de). Président à mortier, 1655. In-fol. (R. D. 192).

Belle épreuve du **1er état** (sur 5), *avec la date de 1655.*

476. — **Molé** (François), abbé de Ste-Croix de Bordeaux. 1649. In-fol. (R. D. 195).

Très belle épreuve.

477. — **Mouy** (Henry de Lorraine, Mis de). In-fol. (R. D. 197).

Très belle épreuve du **1er état,** *avant l'inscription dans la bordure.*

478. — **Poncet** (Pierre). 1660. In-fol. (R. D. 215).

Belle épreuve du **2e état**, *avant le changement de la date de 1660 en 1673.*

479. — **Molé** (Edouard). (R. D.) 193. (**1er état**, *avant que le fond extérieur ait été marbré*). — **Steenberghen** (J.-B. Van). D'après Duchastel, 1668 (R. D. 226). (**3e état**, *avec la tablette blanche*). — Deux portraits. In-fol. Belles épreuves.

NAPOLÉON

480. **Napoléon Ier**. Buste fort comme nature, tête couronnée de lauriers; en costume de sacre. (Gravé par L. Rados). Gr. in-fol., au pointillé.

Superbe épreuve **avant toute lettre**. Grandes marges.

481. — **Napoléon Gallorum primus Impérator, atque Rex Italiac.** Buste, en costume de sacre, la tête couronnée de lauriers. Ovale équarri. H. Buquet, del. *A Paris, chez Bouquet.* In-fol., au pointillé.

Très belle épreuve **imprimée en couleurs**. Marges.

482. — *La Veille du Départ. — Derniers adieux d'une épouse et d'un fils. — Tentative inutile de rapprochement, 1814. — A Londres, chez Palmer.* Trois pièces gravées par Benoist, d'après Cœuré. Petit in-4 en larg.

Jolies petits pièces. Belles épreuves *coloriées* et encadrées.

483. — *Vue de la droite du Champ de Bataille de l'Armée Russe devant Preussich-Eylasse, au moment ou l'Empereur s'y rend... — Entrevue de LL. MM. l'Empereur Napoléon et l'Empereur Alexandre, sur le Niémen le 23 juin 1807.* — Deux pièces, dess. sur les lieux par Lejeune, gravées par Lameau et Misbach. Gr. in-fol. en larg.

Belles épr. à toutes marges.

484. — **Caricatures anglaises et françaises sur Napoléon Ier** — Réunion de quinze pièces gravées et *coloriées*.

La Lecture des Journaux. — Le Sauteur impérial. — The Rival Gardeners. *Publ. 1803 by S.-W. Fores.* — Son nom paraitra, dans la Race future,... — The Raft in Danger or the Republican crero disappointed, 1798. — Général sans pareil. — Qui trop embrasse mal étreint. *A Paris, chez Martinet.* — Cinquième et dernier tour de passe-passe, ou le Grand Escamoteur escamoté. — Expédition anglaise. — La Balançoire. — La petite loge ou l'Archifou. — Etc.

485. — **Caricatures sur la Restauration et les Cent Jours** — Rénnion de quatorze pièces gravées et *coloriées*. Belles épreuves.

La Mauvaise charge. — Journal de l'Empire ou de Débats suivant les événements — 3 têtes dans un bonnet ou le Triumvirat des fous — Mr de la Rodomontade apprenant le débarquement de l'Empereur — Argent bien placé ! — Le Matériel perdu — Quand on a trop pris il faut rendre — Le Déshabillé — Les Royalistes visitant les travaux de Montmartre (1815) — Le moment fatal approche — etc.

NAUDÉ

486. **Drouay**, âgé de 29 ans.— **Guillaume**, âgé de 20 ans. Ont arrêté le Roi le 22 juin 1791. — Deux portraits, dess. et gravés par Naudé. In-fol. ovale.

NOEL Frères (à Paris, chez)

486 *bis*. *Le Plaisir du Printems ou le soin de cueillir les fleurs.* — *Occupation de l'Été ou la Tonte des moutons.* — *Le Plaisir de l'Automne. La Récolte des Fruits.* — *Le Plaisir de l'Hiver. Divertissemens sur la glace.* — Suite de quatre pièces. In-4 en larg.

Belles épreuves *gouachées*. (Coloris ancien).

N° 172 du Catalogue.

N° 187 du Catalogue.

N° 552 du Catalogue.

N° 510 du Catalogue.

N° 118 du Catalogue.

N° [illegible] du Catalogue.

NOLIN (J. B.)

487. **Molière** (J. B. Popelin de). D'après Mignard, 1685. *Friquet, excudit. C. P. Regis.* In-fol.

Très belle épreuve tirée *avant que la planche ait été réduite en ovale pour faire partie de l'ouvrage des Hommes illustres de Perrault.*

Excessivement rare — *Vendu 620 fr. à la vente Hubert, sous le nº 252.*

On y a joint l'épreuve de la planche réduite, tirée de l'ouvrage indiqué ci-dessus.

Voir la Reproduction.

PAROY (S.-Ph.-G. Le Gentil, Cte de)

489. **Bacchanale.** D'après N. Poussin. 1786. Dédié, avec armoiries gravées, à Mr le Cte de Vaudreuil, Grand Fauconnier de France. In-4 en larg., au lavis.

Belle épreuve **imprimée en couleurs.** Marges. Encadrée.

PATER (d'après)

490. **Le Concert amoureux.** Gravé par Fillœul, 1739. *A Paris, chez Fillœul.* In-fol.

Très belle epreuve.

491. — **Les Plaisirs de l'Eté.** Gravé par Surugue, 1744. *A Paris, chez L. Surugue.* In-fol. en larg.

Belle épreuve sans marges sur les côtés. Encadrée.

PERGLAS (d'après A.-Fr. von)

492. **Darstellung des Treffens an der Sussebach bey Strasburg** (1815). Gravé par Susemihl et Schnell. *Darmstadt den 1. Januar 1817.* Gr. in-fol. en larg.

Très belle épreuve *coloriée.* Filet de marges.

PERNET (d'après)

493. **Ire Vue d'Athènes.** *A Paris, chez J. Marchand, dessinateur et graveur.* In-4 au lavis.

Très belle épr. *imprimée en bistre.* Marges.

493 *bis*. — **IIe Ruine d'Athènes**. Gravé par Mlle Guyot, f. Bellai. *A Paris, chez Guyot*. In-4, médaillon rond.

Très belle épreuve **imprimée en couleurs**, à grandes marges. Petite restauration dans la marge du haut.

494. — **IIe Vue de la Grèce**. Gravé par Janinet. Petit in-4, au lavis de couleurs.

Très belle épreuve **imprimée en couleurs**. Petite marge. Encadrée.

495. — **IIIe (et IVe) Vue de la Grèce**. Gravées par Janninet *(sic)*. *A Paris, chez Esnauls et Rapilly*. Deux pièces rondes tirées deux à la feuille. In-4, au lavis.

Très belles épreuves **imprimées en couleurs**.

496. — **VIe Vue de la Grèce**. Gravé par Janninet *(sic)*. *A Paris, chez Esnauls et Rapilly*. Médaillon rond. Petit in-4 au lavis.

Belle épreuve **imprimée en couleurs** ; petite marge.

496 *bis*. — **VIe Vue de la Gréce**. Gravé par Janinet. Médaillon rond.

Très belle épreuve **imprimée en couleurs**, sans marge. Encadrée, cadre rond bois doré.

497. — **IIe Ruine Romaine**. Gravé par Chapuy. *A Paris, chez les Campions frères*. Médaillon rond. In-4, au lavis de couleurs.

Très belle épreuve **imprimée en couleurs**, *à toutes marges*.

498. — **Ruines Romaines**. Deux pièces faisant pendants, gravées par Demarteau, Nos 637 et 638. *A Paris, chez Demarteau*. In-4 ovales, au lavis de couleurs.

Très belles épreuves **imprimées en couleurs**. Marges. Légers épidermages dans les marges du haut à droite.

PETIT (G.-E.)

499. **Phélypeaux,** Comte de Maurepas (J.-F.). Figure entière, debout, dans un riche ameublement. D'après Vanloo. 1736. In-fol. Belle épreuve.

PIRINGER

500. **Vue de la Promenade Nouvelle** *prise au tournant de l'Allée des Veuves et du Cours la Reine.* D'après Martinet. In-4 en larg., à l'aquatinte.

Belle épreuve, *imprimée en bistre.* Sans marges. Encadrée.

PITAU (N.)

501. **Bourdaloue** (Claude de). D'après Largillière, 1704. *(Epr. du 1er état, avant l'adresse de Desrochers).* — **Fabier du Boulay** (J.). D'après Ph. de Champaigne, 1668. — **Lilly** (Camille). Historien. D'après J. Daret, 1663. *(Avant la lettre).* — **Marie-Thérèse.** Reine de France. D'après Baubrun, 1662. *(Avant la lettre).* — **Seguin** (P.). Curé de Saint-Germain-l'Auxerrois. D'après Stresor, 1664. — **Voysin** (Daniel). Prévôt des Marchands de Paris. D'après Mignard, 1668. *(Epr. du 1er état, avant le nom du graveur et le cadre semé d'étoiles).* — Six portraits. In-fol. Belles épreuves.

POILLY (F.)

502. **Fabert** (Abraham). D'après I. Ferdinand. In-fol.

Très belle épreuve **avant la lettre,** portant *au dos l'adresse de Mariette, 1660.*

POILLY (N.)

503. **Louis XIV.** D'après Mignard. Petit in-fol.

Belle épreuve *avant la lettre.*

504. — **Philippe de France, duc d'Orléans,** frère du Roy. Portrait fort comme nature. Gr. in-fol.

Belle épreuve.

POMPADOUR (Mme de)

505. **Suite d'Estampes gravées par Madame la Marquise de Pompadour**, d'après les Pierres gravées de Guay, graveur du Roy. *S. l., n. d. (Paris, de l'imp. Prault, 1782).* Un volume in-4, veau écaille, dos orné, fil., tr. marb. *(Rel. anc.).*

Recueil composé de 1 frontispice et de 63 planches gravées à l'eau-forte par la Mise de Pompadour, sous la direction de Boucher et Cochin.

Bel exemplaire sur **papier fort**, avec une seule figure tirée par page, et contenant à la suite *6 planches additionnelles très rares*, gravées par Mme de Pompadour, dont 3 d'après F. Boucher. (*Les Petits Buveurs de lait, le Petit Faiseur de boules de savon et la Petite Mendiante*).

Portrait de Mme la Mise de Pompadour, gravé à la manière noire par *Watson*, d'après F. Boucher, ajouté, et *Manuscrit* de l'époque, de 16 pp., donnant l'explication des planches, joint au volume.

PONTIUS (P.)

506. **Savoie** (François-Thomas de), Prince de Carignan. D'après Ant. Van Dyck. *G. Hendriex, excudit.* In-fol.

Très belle épreuve du **2e état**, *avec l'adresse de Hendriex*, Chef d'œuvre du graveur.

PORTER (d'après R. K.)

507. **This Print of the Loyal Associated and Volunteer Corps of the City of Westminster.** (Plate I) Gravé par M. Place. *London, publ. may 30. 1799 by MM. Schiavonetti.* Gr. in-fol. en larg., au pointillé.

Très belle épreuve rehaussée *en couleurs*. Grandes marges.

PORTRAITS

508. **De La Fosse** (Ch.). Gravé par Duchange, d'après Rigaud, 1707. — **Girardon** (Fr.). Gravé par Duchange d'après Rigaud, 1707 — **Sarazin** l'aîné (J.). Gravé par Ch. N. Cochin, 1731. — **Verdier** (Fr.). Gravé par E. Desrochers, d'après Ranc, 1723. — Quatre portraits. In-fol. Belles épreuves.

508 *bis*. — **Mazarin.** Gravé par J. Frosne, 1655. *Avant la lettre*. — **Gondy** (J. Fr. de). Gravé par Ganière. — **Harlay** (Achilles de). Gravé par Van Merlen, 1652. — — **Richelieu**. Gravé par G. Rousselet. — **Pellot** (Cl.). Intendant de Normandie. D'après Mignard. *Avant la lettre*. — Cinq portraits.

509. — **Généraux : Augereau**. En pied. Gravé par Alix, d'après H. Le Dru. — **Brune**. Port. équestre. Gravé par Tassaert, an 7, d'après Harriet. — **Grouchy**. Gravé par Charon. — **Marceau**. En pied. Par Sergent Marceau. — **Masséna**. En pied. Gr. par Coqueret et La Chaussée, d'après H. Le Dru. — Cinq portraits. Gr. in-fol. et in-fol.

510. — **Portraits d'Occulistes** : **Desmonceaux** (l'abbé). Gravé par Nicollet, d'après Le Sueur. — **Grandjean** (Guill. et Henry de). 2 port. gravés par Rob. Gaillard, d'après Deshayes, 1782-1784. — **Arnold Marcel**. Gravé par A. Schouman. -- **Pourfour-du-Petit** (Fr.) Gr. par Beaumont, d'après Restou. — **Wiesel** (J.) Opticien à Augsbourg. Gravé par B. Kilian. — **Wenzel** (B^on de) Oculiste du Roi d'Angleterre. Gravé par Condé, — Sept portraits. In-4 et in-fol. Belles épreuves.

PORTRAITS (Recueil de)

511. **Recueil de 505 Portraits** *(Collection Strutt)*, par Nanteuil, Edelinck, Drevet, Morin, Mellan, Lasne, Pitau, Balechou, Lochon, Poilly, Th. de Leu, L. Gaultier, Landry, Sadeler, Duchange, Van Schuppen, Gaillard, Wille, Duflos, Huret, Vermeulen, etc., montées en 1 vol. gr. in-fol., veau anc.

Importante collection.

Parmi les portraits de **Nanteuil**, on remarque ceux de *N. de Boultz*, 1671 ; *Card^l de Retz*, 1650 ; *Turenne* ; *Duc de Bouillon*, 1649 ; *Goyan de Matignon* (**1er état**) ; *Mazarin*, 1660 ; *Cureau de la Chambre ; Van Steenberghen*, 1668 (avec la tablette blanche) ; *Le Coigneux*, 1654 ; *H. de Lorraine, Mis de Mouy* (**1er état**) ; *Molé*, etc.

PRUD'HON (d'après P. P.)

512. **Le Coup de Patte du Chat.** Gravé par Prud'hon fils. In-fol.

Belle épreuve. Petite marge. Encadrée cadre ancien.

513. — **Hymen et Bonheur.** Gravé par Villerey. *A Paris, chez Villerey, chez Bance et chez Chaillon-Potrelle.* In-fol. en larg.

Belle épreuve.

513 *bis*. — **Innocence et Amour**. Gravé par Villerey, 1817. *A Paris, chez Villerey et chez Bance*. In-fol. en larg.

Belle épreuve avec marges. Petite restauration dans la marge du haut.

514. — **Marguerite**. Lithographié par Aubry Lecomte, 1849. In-4.

Très belle épreuve sur *chine monté*. Encadrée. — Pièce rare.

514 *bis*. — **Le Premier Baiser de l'Amour**. Gravé par Copia. In-8.

Très belle épreuve. Marges.

515. — **Le Zéphyr.** Gravé par Laugier, 1820. Gr. in-fol.

Belle épreuve *portant le cachet de la Société des Amis des Arts.* — Petite restauration dans le haut de la marge.

515 *bis.* — **Le Zéphir.** Gravé par Laugier, 1820. Gr. in-fol.

Très belle épreuve **avant la lettre.** Encadrée, cadre ancien.

516. — **Le Bain** (Daphnis et Chloé). — **La Grotte** (La Tribu Indienne). Epr. *avant la lettre, sur chine.* — **Dafni e Cloé.** — **Phrosine et Mélidore.** — **Zéphir.** — Ens. cinq pièces gravées par B. Roger, sauf la dernière. In-4 et in-8.

Belles épreuves à toutes marges ou à grandes marges.

516 *bis.* — **Le Directeur Reveillère,** *Pape des Théo Philantrophes.* In-4.

Très belle epreuve. Rare.

REYNOLDS (d'après J.)

17. **Mrs Lascelles avec sa fille.** Gravé par J. Watson. *London, printed for Rob. Sayer.* Gr. in fol., à la manière noire.

Belle épreuve du **1er état,** *avant la lettre.*

518. — **Mrs Morris.** Gravé par J.-R. Smith. *Publ. july 16. 1776 by John Boydell, London.* In-fol., à la manière noire.

Très belle épreuve.

519. — **Parker** (Honble Mrs), daughter of sir Thomas Robinson, married John Parker, who was created Lord Boringdon. Gravé par Thomas Watson. *Publ. oct. 25. 1773 for S. Hooper...* Gr. in-fol., à la manière noire.

Très belle épreuve du **1er état,** *avant le nom du personnage.* Marges.

Voir la reprodnction.

520. — **Miss Harriet Powell** (ensuite Comtesse de Seaforth, dans le rôle de Leonora. Gravé par Rich. Houston. *R. Sayer, excudit.* Gr. in-fol., à la manière noire.

Très belle épreuve du **1er état, avant la lettre.**

521. — **Maria Countess of Waldegrave** *and her daughter Lady Elisabeth Laura.* Gravé par J. Watson. *Printed for John Bowles, London.* Petit in-4, à la manière noire.

Belle épreuve.

522. — **The Fortune Teller.** Gravé par J.-K. Sherwin. *Publ. june 25. 1781. London.* In-fol. en larg.

Belle épreuve.

522 *bis.* — **Reflections on Clarissa Harlow.** Gravé par G. Scorodoumow. *Publ. march 10. 1775 by V.-M. Picot, London.* In-fol, ovale, au pointillé.

ROGER

523. **Vue de la Bastille,** prise du côté du Jardin de l'Arsenal. *A Paris, chez les Campions frères.* N° 108. — *Vue de la Grande Façade de la Bastille,* D'après Pernet. — Deux pièces. Petit in-4, médaillons ronds.

Belles épreuves **imprimées en couleurs.**

ROMANET

524. **Le Sommeil.** D'après Titien. *A Amsterdam, chez L.-B. Coclers, et à Paris, chez le Cne Desmarest.* In-fol. en larg.

Très belle épreuve. Marges. Encadrée.

ROMNEY (d'après)

525. **Lady Day** (Mrs Benedetta Ramus). Gravé par W. Dickinson. In-4, à la manière noire.

Belle épreuve du **1er état, avant toute lettre.** Marges.

ROY

526. **Au Vainqueur d'Austerlitz.** *L'invinsible Napoléon a détruit en deux mois les Armées d'Autriche, de Russie et conquis l'Allemagne.* Portrait de Napoléon, de profil, dans un médaillon circulaire, entouré d'autres rayons circulaires contenant le « *Tableau des Victoires remportées par l'Armée Française* », le tout sur fond marbré vert. Dédié à S. A. S. Mgr le Prince Alex. Berthier, par Vallon, employé au ministère de la Guerre. Gravé par Roy ; Lachaussée, scrip^t^. ; 1806. Gr. in-fol.

Pièce fort curieuse. Très belle épreuve **imprimée en couleurs.**

RUOTTE

527. **Augereau.** Figure entière, un drapeau à la main, au pont d'Arcole. D'après Aubry. *A Paris, chez Jean fils.* In-fol., au pointillé.

Très belle épr. **imprimée en couleurs.**

528. — **Marie-Antoinette.** Reine de France, en laitière. Profil dirigé à droite. D'après Césarine F***. In-4 ovale, au pointillé.

Jolie portrait d'une finesse remarquable. Très belle épreuve **avant la lettre, imprimée en couleurs.**

RUSSIE (Estampes relatives à la)

529. Soldats de l'Armée Russe. Gravé par A. Godefroy. *A Paris, chez Martinet.* — Costumes Russes. *A Paris, chez Martinet.* — Le Parfait Royaliste, le 31 mars 1814. — A bas la calotte ! ! ! — The Alliés entering Paris and Down fall of Tyranney. *Publ. apr. 20. 1814 by S. W. Fores.* — Militaires Russes au bivouac. Gravé par Jazet, d'après Sauerweid. *A Paris, chez Nepveu.* — Six pièces in-4 et in-fol.

Belles épreuves *coloriées* (1 à l'aquatinte en noir).

RUSSEL (d'après)

530. **Cottage Children.** Gravé par White. *Walker, exc*[t]. In-4 au pointillé.

Belle épreuve *imprimée en bistre*. Filet de marges, encadrée.

RYLAND (W.)

531. **Marianne.** *Publ. Jan. 3. 1780, by W.-W. Ryland, London.* In-fol. ovale, au pointillé.

Belle épreuve.

St-AUBIN (A. de)

532. **L'Heureux ménage ;**
La Sollicitude maternelle.
Deux pièces gravées par Sergent, Gautier l'aîné et Phelypeaux. In-4.

Très belles épreuves **avant la lettre, imprimées en couleurs.** Marges.

SAINT-AUBIN (A. de), SCHMIDT (G.-F.)
SIMONNEAU (L.)

533. **Victor-Amédée III**, Roi de Sardaigne. D'après J.-B. Boucheron. *(Epr. de la Collection F. Didot).* — **Pesne** (Ant.). Peintre. D'après lui-même. — **Charmois** (Martin de). Directeur de l'Académie de Peinture. D'après Bourdon. *Epreuve avant toute lettre.* — Trois portraits. In-fol. Belles épreuves.

SAINT-AUBIN (d'après G. de)

534. **La Ginguette,** *Divertissement-Pantomime, du Théâtre Italien, composé par le S*[r] *de Hesse.* Gravé par F. Basan. Dédié, avec armoiries gravées, à Mgr le Duc de La Valière. *A Paris, chez Basan.* In-fol. en larg.

Belle épreuve. — Petite restauration.

St-JEAN (J. Dieu de)

535. **Monseigneur le Dauphin. — Madame la Dauphine.** Deux pièces. In-fol.

Belles épreuves. Rares.

SAUERWEID (d'après)

536. **Bivouac des Cosaques, aux Champs-Elysées**, *à Paris, le 31 mars 1814.* Gravé par Jazet. *A Paris, chez Nepveu.* In-fol. en larg., à l'aquatinte.

Très belle épreuve.

SCHALL (d'après)

537. **La Danse Turc.** Gravé par Ruotte. *A Paris, chez Basset.* In-4 ovale, en larg., au pointillé.

Belle épreuve **imprimée en couleurs**. Marges.

537 *bis.* — **Le Panier renversé ;**
Les Vendanges.
Deux pièces faisant pendants. Gravées par Et. Beisson. *A Paris, chez Joly et chez Remoissenet.* In-fol. ovales, au pointillé.

Très belles épreuves ; marges découpées en ovale.

538. — **Voilà comme il les tourmente.** Gravé par Mécou. *A Paris, chez Osterwald l'aîné.* In-fol., au pointillé.

Très belle épreuve **imprimée en couleurs.**

SCHULTZE (C.-G)

539. **Alexandre Pr Beloselsky.** Figure entière, assis dans son cabinet de travail. Gr. in-fol.

Belle épreuve.

SERGENT-MARCEAU (A. F.)

540. Le **Baquet magnétique de Mesmer**. In-4, médaillon rond, au lavis de couleurs.

Très belle épreuve **imprimée en couleurs**. Sans marges. Encadrée.

541. — **Les Gardes françaises repoussent un détachement de Royal Allemand** *commandé par le Prince Lamsbesc, 12 juillet 1789.* — **Le duc de Châtelet voulant passer le bac devant les Invalides** *est poursuivi par le peuple, 13 juillet 1789.* Deux pièces in-4, au lavis de couleurs.

Très belles épreuves **imprimées en couleurs**.

542. — **Casanova** (Antoine). D'après Appiani. 1818. *Se Vende in Milano da l'Autore.* In-fol. ovale, au lavis de couleurs.

Superbe épreuve **avant la lettre** et **imprimée en couleurs**. Marges.

543. — **Laurent** (J. J.), Négociant. In-4, au lavis de couleurs.

Très belle épreuve **avant la lettre**, avec le nom seul du personnage inscrit sur la bordure. **Imprimée en couleurs**. Marges.

544. — **Marceau**. *Né à Chartres, soldat à XVI ans, général à XXIII, mort à XXVIII.* En pied, dans le Costume de Hussard qu'il portait au moment où il fut tué. Gr. in-fol., au lavis de couleurs.

Très belle épreuve et rare épreuve *à la lettre grise*, **imprimée en couleurs.**

Voir la Reproduction.

545. — **Necker** (Mr). D'après Duplessis. *A Paris, chez Mr de St-Aubin et chez M. Sergent.* In-4, au lavis de couleurs.

Belle épreuve **imprimée en couleurs**. (3e état).

545 *bis*. — **Le même.** In-4. au lavis de couleurs.

Très belle épreuve **imprimée en couleurs**, du **2e état**, *avec la lettre ouverte*. Marges.

546. — **Le même**. In-4, au lavis de couleurs.

Superbe épreuve du **1er état**, *avant la lettre* et **imprimée en couleurs**. Grandes marges.

547. — **Portraits des grands Hommes, Femmes illustres, et Sujets mémorables de France**. *A Paris, chez Blin*. — Réunion de 27 pièces (dont 20 portraits et 7 sujets) gravées par Sergent, L. Roger, Mme de Cernel, Ridé, etc. In-4, **imprimés en couleurs.**

Georges d'Amboise. — Du Guesclin. — Ab. Fabert. — Ch. de Créqui. — Catinat. — Bayard. — J. Hennuyer. — Fouquet de Belle-Isle. — Ch. de Folard. — Goyon de Matignon. — Michel de l'Hôpital. — Mazarin. — Fr. Olivier. — Blaise de Montluc. — Suger. — Sully. — Siège de Pondichéry, etc.

SICARDI (d'après)

548. **Ah ! come l'Avessi in Bocca**. Gravé par Mécou. *A Paris, chez l'Auteur*. In-fol.

Belle épreuve.

SIMON (P.)

549. **Louis XIV**. Portrait fort comme nature, 1677. D'après C. Le Brun. Gr. in-fol.

Très belle épreuve du **1er état,** *avec la dédicace à J. de Sémiane de Gordes, et avec la date de 1677*, effacées ensuite.

550. — **Condé** (Louis de Bourbon, Prince de) dit le Grand Condé. Portrait fort comme nature, 1678. Gr. in-fol.

Très belle épreuve.

SINGLETON (d'après)

551. **The Rustic Minstrel : Musique Pastorale.** Gravé par Ant. Cardon. *London, publ. nov. 1. 1801, by A. Cardon*. In-fol., au pointillé.

Belle épreuve. Marges.

SMITH (J.-R.)

552. **What you Will. Ce qui vous plaira.** *London, publ. 1791 by J. R. Smith.* In-fol., au pointillé.

Très belle épreuve légèrement **imprimée en couleurs.** Marges.

Voir la Reproduction.

SLOANE (M.)

553. **Wales (The Prince and Princess of).** *London, publ. april 12. 1799 by MM. Schiavonetti.* Petit in-fol., au pointillé.

Très belle épreuve *avec la lettre ouverte*, et *à toutes marges.*

SURUGUE (L.)

554. **Made de ** (Mouchy)** *en habit de bal.* D'après Ch. Coypel, 1746. *A Paris, chez L. Surugue.* In-fol.

Belle épreuve encadrée.

SURUGUE (L. et P.-L.)

555. **Silvia.** Actrice du Théâtre Italien. D'après de La Tour. — **Guillain** (S.). Sculpteur. D'après Coypel, 1747. — **Boulongne le père** (L. de). Peintre. 1733. — Trois portraits. In-fol. Belles épreuves.

SUTHERLAND (T.)

556. **Western Exchange, Old Bond Street.** D'après G. Smith. *Publ. april 5. 1817 by G. Smith.* In-fol. en larg., à l'aquatinte.

Très belle épreuve *en couleurs.*

TARDIEU (N.), THOMASSIN (S.)

557. **Boullongue** (Bon de). Peintre. D'après G. Allou. 1749. — **Thierry** (Jean). Sculpteur. D'après Largillière. — **Louis XIV**. Estampe allégorique. D'après L. Boullongue. 1728. — Trois portraits. In-fol. Belles épreuves.

TASSAERT (J.-J.-F.)

558. **Buonaparte,** nommé Général en chef de l'Armée d'Italie en ventôse an IV, puis Général en chef de l'Armée d'Angleterre en frimaire an VI. Dess. par le C. Ph.-A. Hennequin ; le portrait d'après Appiani. *A Paris, chez Tassaërt ; et chez le Monnier. An 6.* Gr. in-fol., au pointillé.

Très belle épreuve. Marges.

THÉATRE (Estampes relatives au)

559. **Portraits d'Acteurs et d'Actrices : Clairon** (H.). 2 portr. gravés par Littret, 1766. — **Dauberval** (J.-B.) *et Th. Dauberval, sa femme.* 2 portraits gravés par Legoux. — **Desbrosses** (Mlle). 2 port. par Le Beau et Esnauts et Rapilly. — **La Rive.** A Paris, chez Aubert *(Imprimé en bleu).* — **La Ruette** (J.-L.) et sa femme. 2 port. gravés par Elluin. — **Le Kain.** Gr. par Janinet *(Impr. en couleurs).* — **Lescot** (Mlle) 2 portraits différents par Esnauts et Rapilly. — **Levasseur** (Mlle Rosalie). Gravé par N. Pruneau. — **Raucourt** (Mlle). par C.-L. Lingée. — **St-Huberti** (Me de). A Paris, chez Esnauts et Rapilly. — Ens. quinze portraits, in-4 et in-fol. Belles épreuves.

560. — Répertoire des Comédies pour l'année 1719. *A Paris, de l'imp. du Cabinet du Roy, 1719.* Petite affiche imprimée. — Répertoire des Spectacles de la Cour (Louis XV). Très belle pièce gravée par Ponce, d'après Moreau le jeune. *Epreuve avant la lettre.* — Répertoire de Fontainebleau, 1769. Gravé par Martinet. *Deux épreuves dont une avant le texte.* — Répertoire de Fontainebleau, 1786. — Répertoire des Comédiens français ordinaires du Roi. Dess. et gravé par Duplessi-Bertaux. — Répertoire du Théâtre-Français. Dess. et gravé par Duplessi-Bertaux, 1816. — Ens. Sept pièces. In-fol et in-4. Belles épreuves.

TOUZÉ (d'après)

561. **Les Amusements dangereux**. Gravé par Voyez le Jeune. In-fol.

Superbe épreuve **avant la lettre**. Marges. Rare.

TROUVAIN (A.)

562. **Louis le Grand, Roy de France**. Figures entière, debout, dans ses appartements à Versailles. D'après Le Moyne. In-fol.

Belle épreuve. Rare.

TURNER (C.)

563. **Mrs Mountain**. D'après I. J. Masquerier. In-fol., au pointillé et lavis de couleurs.

Superbe épreuve **imprimée en couleurs**.

Voir la reproduction.

564. — **Elizabeth Consort of Alexander I**, Emperor of all the Russias. D'après Monier. *Publ. by the Proprietor, London, 1805*. Gr. in-fol., à la manière noire.

Très belle épreuve à toutes marges de ce beau portrait.

565. — **Nelson** (Admiral Lord). Portrait en pied. D'après I. Hoppner. Gr. in-fol., à la manière noire.

Belle épreuve. Marges.

VANGELISTI (V.)

566. **Apchon** (Cl. M. A. d') Evêque de Dijon, puis Archevêque d'Auch. D'après Tischbein. In-fol.

Très belle épreuve **avant la lettre**.

VANGORP (d'après)

567. **Ils sont éclos**. Gravé par Honoré. *A Paris, chez Roger*. In-fol., au pointillé.

Très belle épreuve **avant la lettre**, finement *rehaussée en couleurs*.

VAN SCHUPPEN (P.)

568. **Arnauld** (la Mère M. Angélique). D'après Ph. de Champaigne. 1662. — **Mercier** (P.), général de l'ordre de la Trinité. D'après Fr. le Maire, 1677. — **Pinson** (Fr.), 1680. — Trois portraits. In-fol. Belles épreuves.

VÉLOCIPÈDES et VOITURES A VAPEUR (Caricatures sur les)

569. The New Invented Sociable. *Gravé par Jenkins, 1819* — Favourite Hobbies. Fashionable Waltzing. *Pub. by M. Cleary.* — A Land Cruise... *Pub. by M. Cleary.* — A Family Party, taking an Airing. *Pub. by M. Cleary.* — The Ladies Accelerator. *London, pub. 1819 by S. W. Fores.* — New Principles, or the March of Invention. — Six pièces anglaises. *Coloriées* (1 en noir). *Rares.*

VENDRAMINI (J. et F.)

570. **Le Prince Alexandre Borissowitsch de Kourakin**, Conseiller privé actuel, Ministre du Conseil d'État, Sénateur, Chancelier de tous les ordres de l'Empire de Russie, etc. D'après W. Baravikovsky. Gr. in-fol., au pointillé.

Très belle épreuve.

VÉRITÉ

571. **Louis XVI**, Roi des François. — **Marie-Antoinette.** Deux portraits gravés par Vérité. *A Paris, chez l'Auteur.* In-4, au pointillé.

Très belles épreuves **imprimées en couleurs**, à toutes marges.

VERMEULEN (C.)

572. **Ludovicus Magnus** (Louis XIV). A mi-genoux, en armure, tenant un bâton de commandement. D'après Guesclin. — **Sirmond** (Jacob). Jésuite. — Deux portraits. Gr. in-fol. et in-fol. Belles épreuves.

VERNET (d'après C.)

573. **Les Apprêts d'une Course ;**
Les Jockeys montés.
Deux pièces faisant pendants, gravées par Darcis. *A Paris, chez Leloutre.* In-4 en larg., au pointillé.

Très belles épreuves *coloriées.* Marges. Encadrées.

574. — **Cheval allant au Manège.** Gravé par Jazet. Gr. in-fol. en larg., à l'aquatinte.

Très belle épreuve avec marge.

575. — **Suite de Chevaux.** Nos 14 et 38. Deux pièces gravées par Levachez. In-fol. en larg., à l'aquatinte.

Très belles épreuves *coloriées.* Marges. Encadrées.

576. — **Suite de Chevaux.** Gravé par Levachez. — Trois pièces (nos 29, 35 et 48). In-fol. en larg., à l'aquatinte.

Belles épreuves. Marges.

577. — **Mameluck au Combat.** Gravé par Jazet. Gr. in-fol. en larg., à l'aquatinte.

Belle épreuve **avant la lettre.** Petite restauration dans le haut à droite.

578. — **Les Ennuyés chez eux** (Café Procope). Gravé par Coqueret. *A Paris, chez M. Guérin et chez Reslut.* In-fol. en larg., à l'aquatinte.

Belle épreuve *coloriée.* Grandes marges.

579. — **Les Ennuyés chez Eux** (Café Procope). In-fol. en larg., à l'aquatinte.

Belle épreuve **avant toute lettre.** *Coloriée.* Toutes marges.

580. — **Les Gastronomes sans argent.** Gravé par Commarieux. *A Paris, chez Guérin et chez Reslut.* In-fol., à l'aquatinte.

Belle épreuve *coloriée.* Marges.

VOITURES (Estampes sur les)

581. **Cariosissimo Guioco Meccanico Inglese.** *Milano, presso P. e G. Vallardi.* Curieuse pièce destinée à être découpée. In-fol. en larg., gravée et *coloriée.*

WARD (W.)

582. **Monsieur de St-George.** D'après M. Brown. *London publ. avril 4. 1788 by Bradshaw.* In-fol., à la manière noire.

Belle épreuve.

WATTEAU (d'après A.)

583. **L'Accordée de Village.** Gravé par N. de Larmessin. *A Paris, avec privilège du Roy.* Gr. in-fol en larg.

Très belle épreuve sans marges sur les côtés, mais avec le titre au bas. — Encadrée.

584. — **Antoine de la Roque.** Gravé par Lépicié. *A Paris, avec privilège du Roy.* In-fol. en larg.

Très belle épreuve. Petites marges.

585. — **Camp Volant ;**
Retour de Campagne.
Deux pièces faisant pendants, gravées par N. Cochin. *A Paris, chez F. Chereau.* In-fol. en larg.

Belles épreuves.

586. — **Comédiens Italiens.** Gravé par Baron. *A Paris, avec privilège du Roy.* In-fol. en larg.

Très belle épreuve. Petite marge.

587. — **La Contredanse.** Gravé par Brion. *A Paris, avec Privilège du Roi.* In-fol. en larg.

Très belle épreuve. Marges.

588. — **La Diseuse d'Aventure.** Gravé par Cars. *A Paris, chez F. Chereau. Avec Privilège du Roy.* In-fol.

Très belle épreuve. Petite marge.

589. — **L'Embarquement pour Cythère.** Gravé par Tardieu. *A Paris, chez la Ve de F. Chéreau.* Gr. in-fol. en larg.

Belle épreuve ancienne, mais ayant subie des restaurations, d'ailleurs très habilement faites. — Encadrée.

590. — **La Famille.** Gravé par Aveline. *A Paris, avec privilège du Roi.* In-fol.

Très belle épreuve à grandes marges.

591. — **Le Galant ;**
Le Dénicheur de Moineaux.
Deux pièces gravées par B. Audran et Boucher. In-fol.

Très belles épreuves à grandes marges.

592. — **Harlequin Jaloux.** Gravé par Chedel. *A Paris, Avec Privilège du Roi.* In-fol.

Très belle épreuve à grandes marges.

593. — **Louis XIII mettant le cordon bleu à Monsieur de Bourgogne,** père de Louis XV, Roy de France régnant. Gravé par N. de Larmessin. *A Paris, avec Privilège du Roy.* In-fol. en larg.

Belle épreuve.

594. — **La Mariée de Village.** Gravé par C.-N. Cochin. *A Paris, chez F. Chereau.* Gr. in fol. en larg.

Belle épreuve. Encadrée.

595. — **Partie de Campagne.** Gravé par W. Blake. In-fol. ovale, au pointillé.

Charmante pièce. Très belle épreuve **imprimée en couleurs,** avec petite marge découpée en ovale. Encadrée.
Très rare.
Voir la reproduction.

597. — **Qu'ay-je fait assassins maudits**...Gravé à l'eau forte par le C. C. (Cte de Caylus), terminé au burin par F. Joullain. In-fol. en larg.

Très belle épreuve. Marges.

598. — **Retour de Campagne**. Gravé par N. Cochin. In-fol. en larg.

Très belle épreuve à l'**état d'eau-forte,** *avant toute lettre.*

599. — **Voulez-vous triompher des Belles**? Gravé par Thomassin. Dédié, avec armoiries gravées, à M. Ph. de Tubiers, Cte de Caylus. *A Paris, chés la Ve de F. Chereau*. In-fol.

Très belle épreuve. Filet de marges.
Voir la Reproduction.

WESTAL et BARNEY (d'après)

600. **The Kite Compleated : Le Cerf-Volant achevé ; The Bind Catcher : L'Oiseleur.**
Deux pièces faisant pendants. Gravées par Belvedere et G. Lazaretti. In-fol. en larg., au pointillé.

Belles épreuves.

WILLE (J.-G.)

601. **Berrier** (Nic.-René). Ministre d'Etat. D'après De Lyon. In-fol.

Très belle épreuve du **3e état,** *avant les adresses de Bretin et Basan.*

LE VÉSINET
IMPRIMERIE CH. BRANDE
23, RUE DE L'ÉGLISE

www.ingramcontent.com/pod-product-compliance
Lightning Source LLC
LaVergne TN
LVHW012018220826
846092LV00001B/396

* 9 7 8 2 3 2 9 7 5 7 3 6 0 *